IN CHIAVE DI BARITONO

ANTONIO GHISLANZONI

Texte et illustration de couverture : © domaine public
Edition : Culturea (Hérault, 34)
Contact : infos@culturea.fr
Retrouvez notre catalogue sur http://culturea.fr
Imprimé en Allemagne par Books on Demand
Design typographique : Derek Murphy
Layout : Reedsy (https://reedsy.com/)

Dépôt légal : janvier 2023

ISBN : 9791041845897

CAPITOLO I.

Dove si vede in quali condizioni difficili versasse il primo baritono del teatro di Chieti, nel maggio 1849.

—Vergogna!—pensava io—se qualcuno mi incontrasse!... se qualcuno sapesse!... E non c'è da illudersi che il fatto debba rimanere celato... I giornali parleranno, e quali commenti da parte degli amici!

Essi combattono in Roma, gli amici... Essi difendono l'ultimo baluardo della libertà italiana... essi spendono il sangue e muojono per la patria... Mentre io—italiano—attraverso gli Appennini tirato da due magre rozze, imbaccucato il capo e la gola in una gran ciarpa color scarlatto, i piedi raccolti in una pelliccia, per andarmene a Chieti—in terreno nemico—a terrorizzare con un elmo ed una spada di cartone un esercito di coristi.

Mentre nel mio cervello si svolgeva l'umiliante soliloquio, la vettura del Cicoria entrava fragorosamente in Grottamare, piccolo paese delle Marche, a poca distanza dal confine napolitano. La carrozza si fermò alla porta di un alberghetto, dove io presi terra, dovendo, prima di proseguire il viaggio, compiere nel paese alcune formalità.

Il mio impresario mi aveva procacciato non so quante lettere commendatizie, fra cui una pel console marchese Laureati residente in Grottamare.—Il marchese doveva porre il visto al mio passaporto.

Appena sceso dalla carrozza, mi recai alla casa del console. Questi mi accolse con garbo—lesse la commendatizia, e gettandomi una occhiata di compassione, disse: mio caro signore, dubito assai che vi si permetta di passare il confine; da due giorni è rigorosamente vietato, a quanti vengono dalla Toscana e dagli Stati romani, di entrare nel regno di Napoli.
Io rimasi com'uom che pensa e guata
Quel ch'egli ha fatto e quel che far conviene
Poichè gli è stata data una cannata.

Poi, con una voce ed una eloquenza che avrebbe commosso alle lagrime una cariatide, supplicai il marchese perchè volesse adoperarsi in mio favore.

Il marchese, uomo dabbene, indovinando dal calore della mia eloquenza la siccità del mio portamonete, stese immediatamente una lettera per raccomandarmi al Commissario preposto alla guardia dei confini.

—Presentatevi con questo foglio al Commissario, e forse, stante la mia raccomandazione e la singolarità del caso, vi si accorderà l'ingresso negli Stati di Sua Maestà umanissima.

All'indomani, il Marcuccio, figlio dell'oste, mi condusse colla sua vettura verso il confine; ma, a cento passi da S. Benedetto, le guardie napoletane, avvicinatesi agli sportelli, m'intimarono d'arrestarmi.

—Vorrei parlare al signor Commissario superiore. Debbo consegnargli una lettera del signor marchese Laureati suo ottimo amico e protettore...

Le guardie mi accompagnarono fino alla stazione del Commissario, a cui mi presentai con quell'aria di sommissione e di rispetto, che noi tutti, figliuoli della natura, sappiamo assumere innanzi agli arbitri dei nostri destini.

—No, non è possibile! disse il Commissario crollando la testa; gli ordini del Re sono precisi: nessuno ha da passare.

Il linguaggio del Commissario era talmente spiccio e risoluto, che io non trovai parole a rispondergli. Feci un inchino, e tornai alla carrozza coll'animo esacerbato. Nelle mie tasche non rimaneva che un solo francescone... con poca salsa di mezzi paoli e di baiocchi, tanto da vivere un giorno.—Pensa, o lettore, s'io mi trovassi in male acque.—Ma Iddio tempera il vento in favore dell'agnello tosato e del viaggiatore in bolletta.

Perchè tutti comprendano quanto la mia situazione fosse grave, e quanto difficile l'uscirne con decoro, converrà che io rammenti alcune circostanze storiche di quei tempi.

Roma assediata da soldati francesi, napoletani e spagnuoli, faceva disperati sforzi di resistenza. Il popolo fiorentino dopo aver ondeggiato quattro mesi fra le lotte dei vari partiti politici, avea ceduto alle violenze della reazione, richiamando il principe spodestato; Bologna ed Ancona erano invase dagli Austriaci; il partito liberale, dilaniato su tutti i punti d'Italia, concentravasi in Roma a farvi le ultime prove di eroismo. Era imminente la battaglia di Velletri.

Chi non abbia in quell'epoca percorse le Romagne e le Marche, mal potrebbe immaginare il disordine di quelle provincie. L'esercito austriaco muoveva daToscana verso Ancona per quello stesso stradale che pochi giorni innanzi io aveva percorso. Da Bologna uscivano a stormi i buoni patrioti per accorrere alla capitale; carabinieri, guardie di finanza, giovinotti d'ogni casta e d'ogni condizione, attraversavano tumultuanti le città, le borgate, i villaggi.

Da Ascoli scendeva un esercito di volontari; un altro più numeroso e più indisciplinato si spandeva nelle vie che da Foligno mettono a Civita-Castellana, e di là, entrando nelle Sabine, inondava tutto lo stradale che da Borghettaccio volge a Monte Rotondo. Alberghi, osterie, bettole, cassinaggi, tutto era ingombro d'armi e d'armati.

Ecco, miei lettori, la bella prospettiva ch'io mi vedeva dinanzi; o rimanere in Grottamare Dio sa fino a quando, ovvero, seguendo la corrente, andarmene a piedi fino a Roma a cercarvi una palla nella testa.

«Una palla nella testa!...» Qual tentazione... per un eroe ambizioso! Se un giorno si leggesse nei giornali, che il primo baritono assoluto di Chieti è morto sotto le mura di Roma da una palla francese!...—qual gloria per me e qual consolazione pei baritoni disponibili!... Il Pirata mi consacrerebbe una necrologia orlata di nero negli scoli della quarta pagina, fra gli ultimi dispacci di una prima ballerina di cartello e l'annunzio di una scrittura... Io conobbi molti giovani patriotti, i quali hanno combattuto come leoni nelle ultime battaglie, spendendo generosamente il sangue e la vita, e non ebbero nè anche la rimunerazione di un breve cenno necrologico nella pagina più scredita del più scredito giornale...

Assorto in tali pensieri, io passeggiava sulla piazzetta fumando e guardando il cielo senza accorgermi che in quel momento io rappresentavo il punto centrico sul quale venivano a convergersi tutti gli occhi degli abitanti di Grottamare.

In tempi eccezionali, la presenza d'uno sconosciuto desta sempre degli allarmi nei piccoli paesi.—Gli abitanti di Grottamare, che mi avevano veduto partire poche ore prima alla volta di San Benedetto—non avrebbero potuto coricarsi e dormire tranquilli se prima non avessero conosciute le ragioni del mio subito ritorno.

—Chi è quel paino? donde viene? perchè fu respinto ai confini? si domandavano l'uno all'altro i curiosi.

Sulla piazza si formano dei capannelli.

Il comandante della Guardia Nazionale ha consegnate le truppe nella caserma...

Quattro consiglieri municipali si recano alla bottega del Sindaco per fargli delle interpellanze sul conto mio.

Nella bottega dello speziale si aduna la gioventù più animosa per prendere di comune accordo una risoluzione.

Or bene! lo credereste? in quella bottega da speziale, ove da parecchie ore si stava tramando un complotto che poteva costarmi la vita, io trovai il mio angelo protettore.

Dopo aver lottato alla mia volta con mille progetti contradditorii; dopo aver discusso tutti i piani e gli espedienti possibili, io aveva finito per convincermi che un uomo il quale si trova sbalestrato in una falsa via, difficilmente può rimettersi in sulla buona, colla deplorabile scorta di dieci paoli.—Questa disperata conclusione mi inchiodò a metà dell'esofago un quarto di anitra che io aveva inghiottito all'osteria del Marcuccio, e mi spinse ipso-facto nella bottega dello speziale, in mezzo al circolo dei cospiranti.

La verità è eloquente. Io n'ebbi prove in quel giorno e dappoi. Tutte le prevenzioni sinistre, tutte le antipatie personali svaniscono dinanzi a quel potente linguaggio che si parte dall'intimo del cuore.

Mentre il farmacista pesava lentamente sulla bilancia quattro oncie di magnesia, io narrai brevemente l'istoria del mio passato, esposi le terribili incertezze della mia situazione. Prima che io avessi finito di parlare, la causa era già vinta e il mio trionfo assicurato.

Quand'io cavai dalla borsa uno degli ultimi spiccioli per pagare il farmacista, questi mi diede un primo segnale di simpatia, rifiutando generosamente la moneta.
Il Bussola, che era guercio, fissava in me l'unico suo occhio, tutto inondato di lagrime.

Il Birecchi interrogava collo sguardo i colleghi, la cui profonda compunzione mi diceva che essi meditavano qualche stratagemma per levarmi d'imbarazzo.

Tutti mi confortavano di buone parole. Un gran fiasco di vino era comparso in sul banco dello speziale. Si bevve, si discusse di politica, si cantò, si dissero mille baje, poi, sul far della sera, al disperdersi della brigata, io me ne andai col Birecchi e col Bussola a fumare uno zigaro sulla piazzetta.

Chi era il Birecchi?—Chi era il Bussola?—Il cavadenti e il sagrestano del paese.

Sull'ingresso dell'albergo, il sagrestano, coll'enfasi di chi dopo lungo pensare è riuscito a qualche grande scoperta.

—Signor forestiere, mi disse; nell'urgenza dei vostri bisogni, io credo non possiate far di meglio che ricoverarvi per qualche giorno nel convento dei nostri padri francescani, uomini probi e caritatevoli, i quali si terranno beati di accordarvi l'ospitalità. Che vi pare del mio suggerimento?

—Stupendo—esclamai io, stringendo la mano del buon sacrista.—Credete voi che i padri non si rifiuteranno di darmi ricetto per qualche giorno?

—Ma vi pare?—rispose il sagristano.—Domattina andrò io stesso a prevenire il guardiano, poi saliremo insieme al convento.

Il Birecchi pose in campo delle obiezioni, le quali dimostravano com'egli covasse in petto una proposta di genere profano.

Dopo breve discussione, io mi determinai pel partito del sacrista, e mi accordai seco per tutto che era da farsi.

CAPITOLO II

Il Convento.

All'indomani, verso le cinque pomeridiane, scortato dal Birecchi e dal sagrestano, io saliva a Grottamare superiore per recarmi al convento dei padri francescani posto sulla sommità della collina.

—Quei buoni padri, diceva il sagrestano, vi accoglieranno come un fratello. Le sante leggi dell'ospitalità, che il progresso dell'incivilimento ha cancellato dai codici e dai cuori umani, durano tuttavia nei conventi, e vi si praticano religiosamente dai monaci. Essi vi hanno destinato una buona cameretta, ove sarete alloggiato come un.... frate.

Il sole inclinava al tramonto e irradiava d'una luce rossastra le onde tranquille, su cui galleggiavano cento paranze di pescatori che a vele spiegate muovevano verso il lido. L'aria saliva freschissima verso il colle. Quell'incanto di cielo, di colline e di mare mi esaltarono la fantasia.
Giunti alla soglia del convento, il sagrestano scosse la campanella, e poco dopo una voce sonora rispose dall'interno due o tre versi latini; quindi le porte si aprirono cigolando, e un frate dall'aspetto venerabile apparve in sulla soglia. Io chinai riverente la testa; allora il sagrestano volgendosi al monaco, profferì presso a poco le parole che il nostro Manzoni pone sul labbro dell'abate nell'atto che questi presenta Lucia alla Signora di Monza:

—Questi è il giovine forestiere per cui ella si è degnata interessarsi, e per cui mi ha fatto sperare la sua protezione.

—La camera è già pronta; il signore potrà alloggiare al convento finchè gli tornerà grato.

Dopo altre parole, il sagrestano si congedò da me stringendomi cordialmente la mano. Io rimasi in sulla soglia finchè lo vide sparire all'estremità del sacrato, quindi tenni dietro al mio ospite capuccino.

Quando sentii chiudersi le porte, e intesi il rumore de' chiavistelli e delle spranghe, un brivido mi corse per le vene. Qual ragione aveva io da temere? Pure, l'oscurità dei lunghi corridoi pel quali io m'inoltrava, l'eco delle ampie navate, che cupa ripeteva il suono de' miei passi, il lento rintocco, della campana che chiamava i monaci alla chiesa e i canti severi che da quella si partivano produssero in me un invincibile senso di paura.

Ed alla paura, di mano in mano si succedevano nell'animo mio commozioni inaspettate e d'indole più serena; qualche cosa che somigliava al benessere, al desiderio di una eterna solitudine e di un profondo oblìo d'ogni cosa terrena.

Erano le nove della sera. I monaci dormivano nelle loro cellette. Mi affacciai alla finestra, e poggiati i gomiti sul davanzale, stetti non so ben quante ore assorto in deliziosa contemplazione.La frescura dell'aere, le esalazioni profumate dei cedri e degli aranci, la luna che grassa e rubiconda si specchiava nel mare, tutto mi accarezzava la fantasia di nuove seduzioni.

L'idea di vestire l'abito religioso mi assaliva ad ogni tratto. Attraversando i fertili gioghi della Toscana e della Romagna, dappertutto si erano affacciate al mio sguardo scene atrocissime, alla cui memoria la calma solenne che in quel momento mi circondava, parevami il più desiderabile d'ogni bene terreno. Poi, quale strano passaggio dalla vita dell'istrione alla vita del monaco! Che bella cosa scomparire dal mondo, essere dimenticato da tutti, non aver altro di comune col resto degli uomini che l'aria ed il sole! Svegliarsi prima dell'alba, scendere coi fratelli nella chiesicciuola; quindi uscire in sul sacrato a salutare i crepuscoli, svagarsi nel paesello, entrare aspettato e desiderato nella casuccia del colono, consolare delle sventure e raccogliere dei sorrisi; poi tornando al convento intrattenersi nella fresca biblioteca a sfogliazzare dei grandi volumi.

E la mia fantasia andava più oltre; errava di paese in paese, di città in città, ideando le più strane avventure. Mi pareva d'esser già frate... d'avere una barba lunga fino alla cintura, il cocuzzolo calvo, e una imponente protuberanza di addome. Il padre superiore mi ordina di recarmi a Milano per predicarvi la quaresima.—Giungo—attraverso le contrade—veggo gli amici, le donne a me note—nessuno mi riconosce; la barba ed il ventre mi hanno completamente trasformato.—È la prima domenica di quaresima—il popolo attende nella chiesa di S. Marco il nuovo predicatore—io comparisco sul pulpito e comincio a tuonare.... il mio sermone. All'indomani i penitenti assediano il confessionale, ed io me ne sto accovacciato fiutando tabacco e coscienze. Una donna si presenta alla grata... io la conosco...—la interrogo—essa mi rivela i segreti del suo cuore.—Nell'epoca in cui diceva d'amarmi ella accordava i suoi favori al professore di musica, e intratteneva un carteggio sentimentale col figlio del mio parrucchiere... A tal confessione, io non so reprimermi, minaccio la penitente del fuoco eterno... la fulmino colla scomunica, e attraverso la grata le faccio udire il mio nome accompagnato da uno scroscio di risa sarcastiche...

CAPITOLO III

Padre Domenico mi sconforta dal farmi Francescano.

Mentre io andava di tal guisa fantasticando, udii picchiare sommessamente alla porta. Era un frate, vecchio, dall'occhio vivace, dal sorriso melanconico e dolce. Padre Domenico (tale era il suo nome di convento) entrò nella mia camera colla timidezza di una fanciulla o piuttosto d'un collegiale che tema essere còlto da' superiori in atto di indisciplina. Si avanzò di alcuni passi, indi chiuse la porta con cautela, dopo aver spiato nel corridojo se qualche importuno lo avesse seguito.

—Ebbene? mi chiese il buon monaco,—come passaste la notte?

—A meraviglia, risposi. Ed ora mi trovo siffattamente commosso dalla pace solenne che spira in questo asilo, che ho risoluto di presentarmi al padre guardiano onde implorare di essere ammesso nell'ordine.

Padre Domenico sorrise, ma quel sorriso aveva una espressione di tristezza e di ironia. Poi, dopo breve silenzio:

—Il convento ha le sue attrattive per le anime sensibili e poetiche. L'amore degli agi, del lusso, dei piaceri, l'ambizione della gloria, della potenza, sono esca ingannatrice negli anni più bollenti della vita; ma per tutti giunge un'epoca di disinganno e talvolta di disperazione, che ci fa rifuggire da quei beni fallaci, a cui giovanetti aspirammo con tanto ardore. L'uomo di cuore, l'uomo che a tempo sa leggere nel libro della verità, o tosto o tardi prova il fastidio, il ribrezzo del mondo, ed un solo bene domanda, un bene modesto e tranquillo: l'isolamento e la pace.

—Voi dunque approvate la mia risoluzione?

Il frate levossi in piedi e aperse l'uscio di nuovo per spiare se nessuno ci ascoltasse; poi abbassando la voce, mi parlò di tal guisa:

—I conventi, figliuol mio, furono istituiti da uomini che al pari di voi desideravano la quiete dell'anima e la meditazione. I fondatori degli ordini religiosi appartennero alla categoria dei disingannati; gente dai nobili e generosi istinti, dal cuore delicato e sensibile, cui la società, in compenso di opere benefiche, gittò in volto il vituperio e l'oltraggio. Ingenui che seminarono il benefizio e raccolsero l'ingratitudine; che elevarono la mente a studii di pubblico interesse, insegnarono dottrine umanitarie, combatterono il vizio potente, smascherarono l'impostura; e la massa ribelle degli stolti tentò schiacciarli colla persecuzione. Taluni ancora chiesero affetti alla donna, si affidarono ai sorrisi od alle carezze, e più tardi s'accorsero di essersi addormentati sovra un letamajo e d'aver adorata una carogna inghirlandata di rose. Il disinganno, fors'anco il disprezzo del mondo trasse i primi martiri della umanità a fabbricarsi un asilo su qualche alpestre dirupo. Si istituirono leggi severe di abnegazione, di lavoro perpetuo; si tentò colla disciplina, col digiuno e meglio ancora colla dimenticanza di ogni affetto terreno, di indurare l'anima e il corpo a tutti i mali inerenti alla nostra fragile argilla. E nella solitudine del romitorio molti meditarono efficaci provvedimenti a redimere la società; raccolsero e studiarono i codici della civiltà antica, per diffonderla poscia a benefizio delle generazioni future; e moltissimi tramarono contro i tiranni, facendosi scudo del pregiudizio che rendeva il loro asilo inviolabile per seminare i primi germi di quelle idee di emancipazione, che oggidì mandano frutti copiosi. Ma ora, le cose mutarono aspetto—lo studio, la dottrina, le generose idee appartengono alla umanità tutta intera—nei conventi entrò la pazza ignoranza e l'odio del bene.—Mentre il secolo si illumina e si ringagliardisce, qui le tenebre si fanno più dense. Figliuol mio, non vi lusinghi la pace apparente. Ove alberga l'odio, non può essere pace vera. Questi monaci, che voi vedete sì manierosi, sì fervidi nella preghiera, sì umili e rassegnati, sono altrettanti cospiratori, pronti, ove il potessero, ad immolare metà del genere umano per ridurre al servaggio e all'abbrutimento l'altra metà.

Le parole di padre Domenico, il tono della sua voce e il fuoco del suo sguardo mi destarono un fremito nell'anima. Una idea terribile mi balenò alla mente. Dio sa quanto avrà sofferto e quanto soffre ancora questo povero monaco nel dover convivere con gente di tal fatta!

Il buon frate mi lesse nel cuore, e riprese a parlare di tal guisa:

—Tu indovini i miei dolori, o figliuolo, hai ragione di compiangermi. Io fui ingannato due volte nel corso della vita: la prima volta dal mondo, ed ho potuto separarmi da esso—la seconda volta dal convento, e pur troppo dovrò rimanervi per sempre...

—Perchè non profittate delle attuali agitazioni politiche per fuggire da questo carcere? Molti altri lo hanno fatto...

—Ed han fatto male, interruppe il frate. Il soldato che prestò giuramento non può senza infamia disertare dal suo corpo. Non voglio tradire il voto che io ho fatto a Dio. D'altronde, io sono vecchio, e sento che il mio cuore è già quasi consunto. Se il mondo e il convento mi hanno tradito, il Dio in cui fermamente credo, mi promette un asilo dove troverò la vera pace. Prima che in questo, io vissi due anni in altro convento poco lunge da Bologna. Il padre guardiano mi odiava; io era segnato a dito come un eretico, fui più volte calunniato da' superiori ne' loro rapporti al grande Rettore di Roma; questi mi inflisse castighi e supplizii. Per circa due mesi giacqui sepolto in un pozzo, ove ogni giorno mi si gettava l'alimento più infetto.—E i castighi e le vendette del padre guardiano servivano di trastullo agli altri miei colleghi, i quali mi perseguitavano con una raffinatezza che la solitudine e gli ozii del convento rendevano più imaginosa. La rivoluzione di Roma e la fuga di Pio IX mitigarono alquanto i rigori della mia sorte.—Da due mesi fui qui inviato, e l'ipocrisia dei monaci si giova del mio nome per far credere ai buoni popolani di Grottamare che in convento si nutrano idee liberali e patriottiche.—Però, di tratto in tratto il padre mi tuona all'orecchio delle minaccie... Se la buona causa italiana rimarrà schiacciata entro le mura di Roma, se il Pontefice verrà ripristinato nel suo Governo, io so qual destino mi attende. Esser sepolto vivo in qualche andito segreto dell'ortaglia.... e morire di lenta, dolorosa agonia. Non potete figurarvi quanto ingegnosa sia la mente di codesti frati nel tormentarmi! Alla mensa, quando è imposto il silenzio, fingendo dimenticanza, il cuoco non mi reca il mio piatto—alla notte mi disturbano con rumori infernali nella mia cella, o mi introducono fra le coltri qualche sudicieria. Essi credono far opera di devozione—ond'io prego Iddio acciò perdoni loro il male che mi fanno. Così potessi illuminarli e condurli dal fanatismo alla religione, ed alla carità evangelica! Ma la corruzione ha messe troppo profonde radici qui dentro e il monaco si è trasformato nel più orribile dei mostri—il mostro che odia, che perseguita, che uccide, credendo di operare il bene e di rendere omaggio alla divinità.

Appena il frate ebbe finito di parlare, io vidi due grosse lagrime corrergli giù per le guancie. Le sue labbra si agitarono mormorando una preghiera. Io gli strinsi la mano e vi impressi un bacio. In quel punto, sentii bussare alla porta, e una voce nasale profferire il Deo gratias!

CAPITOLO IV.

Miracoli della donna.

Apersi la porta; il Birecchi mi apparve sulla soglia nella marziale attitudine di un... cavadenti.

—Signor forestiere, una buona notizia per voi!

—Che! il blocco sarebbe levato?

—Vi ha di meglio. Una bella signora, proveniente da Ascoli, ha preso alloggio all'albergo del Marcuccio e fra pochi giorni si metterà in cammino per Roma.

—Ebbene? che v'ha egli d'interessante per me in codesta notizia?

—La signora ha bisogno di un compagno di viaggio—voi vi presentate—ella vi accetta per suo cavaliere—partite per Roma con lei, ed eccovi uscito da ogni imbarazzo! S'io non fossi ammogliato, prenderei il vostro posto: perocchè da che vivo in questo sciagurato paese, non ho fiutato mai il più appetitoso boccone di femmina...

Mi volsi a frate Domenico e lo consultai collo sguardo. Il buon monaco sorrise, poi colla ingenuità d'un fanciullo:

—Andate! ma sovvenitevi che la donna è più pericolosa, più terribile del convento. È più facile ad un monaco svincolarsi dalla disciplina e gettare la tonaca fratesca, che non ad un uomo di cuore sciogliersi dalle reti o dai vincoli in cui l'astuzia femminile sa avvilupparlo.

Ciò detto, padre Domenico uscì dalla cella. Onde io, nuovamente incalzato dalla infernale eloquenza del Birecchi, e bramoso di lasciar quel luogo che mi appariva popolato di orribili spettri, risolvetti di visitare la bella romagnola.—Ma come introdurmi presso di lei? con qual coraggio offrirmele a compagno?

—Lasciatene a me l'incarico, rispose il Birecchi.

Mi appoggiai al di lui braccio, e usciti entrambi dal convento, in meno di un quarto d'ora giungemmo all'albergo del Marcuccio. Il Birecchi si fece tosto annunziare alla signora, e poco dopo il figliuolo del Marcuccio ci introdusse nel di lei appartamento.

Entrammo in una cameretta rischiarata da pallida luce. La donna era coricata. Appena ci vide, rizzossi alquanto sul guanciale, e traendo dalle coltri un braccio più candido dell'alabastro, ne fece appoggio alla testa, da cui un'onda di neri capelli si spandeva sugli omeri e sul petto. Il Birecchi mi aveva decantata la bellezza maravigliosa di quella donna; a me parve divina. L'estrema pallidezza del volto, che forse al cavadenti era apparsa un po' lugubre, rendevala ai miei occhi più interessante. L'ebbi appena veduta e tosto ringraziai il buon Francescano d'avermi fatto rinunziare alle mie idee di perpetuo celibato. Il demonio aveva ottenuta piena vittoria.
Io non osava parlare. Che dirle? Il fascino della bellezza è sì potente da troncarci gli accenti sul labbro e istupidirci i sensi. Buon per me che il Birecchi era al mio fianco, e il Birecchi non era uomo da smarrirsi. Egli dunque aprì la conversazione con un esordio degno de' suoi talenti e della sua conosciuta eloquenza.

—Jeri sera io ebbi la fortuna di vedervi giungere a questo albergo: voi mi sembraste spossata dal viaggio e udii che nel salire le scale pregaste il cameriere di mandare per un medico. Il medico è qui ai vostri ordini (in così dire mi additava). Nel caso poi abbiate bisogno d'un cavadenti, potete valervi dell'opera mia ed io sono certo che mai non mi verrà dato di strappare da più leggiadra bocca denti più belli.

In altra occasione avrei riso di cuore nell'intendere quell'esordio stravagante; ma tutto assorto nel gentile spettacolo di bellezza che mi stava dinanzi, mi era scesa nell'anima una tristezza che chiudeva l'adito ad ogni altra emozione. La bellissima donna mi chiese s'io fossi il solo medico del paese; risposi che sì, quantunque mi ripugnasse il confermare una menzogna.

—Se ciò è, disse ella con qualche imbarazzo, desidererei parlarvi senza testimonii, e pregherei il signore di uscire per pochi istanti.

—Come le aggrada, rispose il Birecchi.

E partì, facendomi un cenno dell'occhio, che poteva tradursi: Voi fortunato! profittate della buona ventura, e, sopratutto badate di non contraddirvi!

Rimasto solo presso il letto della malata, ella, arrossendo nel viso, cominciò a balbettare alcune frasi sconnesse, indi, narratami l'origine della sua malattia, fece atto di rimuovere le coltri per mostrarmi la parte offesa.

—Fermate, signora! esclamai, arrossendo alla mia volta. È tempo che io metta un termine a cotesta finzione. Io non voglio veder nulla: non sono un medico io; il Birecchi si è permessa una celia... ed oramai sarebbe impudenza, vigliaccheria, il secondarlo d'avvantaggio. Sedotto dalla descrizione dei vostri vezzi, io mi lasciai qui condurre sperando mi accettereste a compagno di viaggio. Io vi giuro che non ebbi pensiero di profittare della vostra posizione per mire indecenti. Perdonatemi dunque il fallo involontario: io mi ritiro.

—Restate, disse la donna. Poichè il destino mi vi ha condotto dinanzi, ed io v'ho già in parte rivelati i miei mali, tant'è ch'io mi affidi interamente a voi. Sola, senza conoscenti, in un paese pressochè inabitato, è forse il cielo che a me vi manda. Più che d'un medico io avea bisogno d'un amico; e voi lo sarete per me, il cuore me lo dice!

Così parlando, la malata mi stese la mano, ed io la strinsi per rispondere al di lei voto con una promessa.

In quel punto il Birecchi bussò alla porta.

—Rimandate quel signor cavadenti, disse la donna con subito sdegno.

Apersi la porta e pregai il Birecchi di ritirarsi. Quegli si stropicciò le mani, si pose il cappello in testa, e proferì col tono di voce più grottesco un ho capito, da cui si scorgeva ch'egli aveva propriamente capito nulla. Poi, parlandomi all'orecchio:

—Spero, mi disse, che voi non le strapperete tutti i denti. Salvate qualche cosa pel povero Birecchi!

E se ne andò zuffolando.

Allora rientrai nella camera, accostai una sedia al letto della malata, ed ella mi parlò di tal guisa:

—Io son figliuola d'un ricco possidente di Ascoli. Sposai da circa sette mesi un giovane che io amava con tutto il fervore dell'anima. Mio padre, uomo burbero e di principii severi, si era opposto a quelle nozze. Spiacevangli nel mio Carlo l'orgoglioso carattere, l'indole ardente, la tenacità nei propositi, certa naturale fierezza, che a me lo rendeva accetto, e la mia mente giovanile vieppiù infiammava dell'amor suo.

«L'amore non ragiona. Le controversie che io incontrava, mi erano sprone a tentare ogni mezzo di riuscita. Pregai, piansi, posi in opera tutte le arti che ad onesta fanciulla suggerisce la passione: Carlo fu mio.

«Il giorno delle nozze si passò in feste e tripudii. Alla sera, congedati i parenti e gli amici che avevano assistito alla cerimonia, il mio sposo uscì di casa per pochi istanti. Quand'egli rientrò, il suo volto era pallido, i capegli ritti in sulla fronte, la voce tremante e convulsa.

«—Donde vieni? che ti è accaduto? gli chiesi spaventata.

«—Nulla, rispos'egli, nulla. Una facezia... uno scherzo...

«Io mi appoggiai al di lui braccio, e commossa da terrore, d'amore, da mille indistinti affetti, lo seguii nella stanza nuziale.

«Quella notte, in cui sperava dovesse aprirmisi il paradiso...»

Qui la bella Ascolana interruppe il racconto, fissandomi in volto uno sguardo scrutatore quasi esitasse di proseguire.
Dopo breve silenzio, crollò il capo mestamente, mormorando a voce bassa:

—Bisogna pure ch'io sfoghi il mio cuore; e voi mi avete l'aria d'onest'uomo...

—Signora, se voi dubitate di me, io vi prego di troncare una confessione di cui non vi ho richiesta...

—Vi par egli ch'io l'avrei cominciata, se il cuore non mi avesse prevenuta in vostro favore? Permettete soltanto che io vi taccia come la notte del mio matrimonio per me si passasse. Quella ricordanza mi empie di raccapriccio. Vi basti sapere che dove io attendeva tenere carezze, e cento delizie da lunga pezza vagheggiate, trovai le convulsioni della paura, i delirii del rimorso. Mio marito poche ore innanzi era divenuto assassino.

—Basta, o signora, diss'io rabbrividendo. Preferisco ignorare il resto d'una tale istoria.

—Poichè il mio labbro ha proferito l'accusa contro l'uomo di cui porto il nome, è necessario ascoltiate anche le sue discolpe.

—Voi potete risparmiarle; io non ammetto discolpe pegli assassini...

—Signore... vi hanno delle ragioni politiche...

—Avete voi per queste ragioni politiche sentito men vivo il ribrezzo nello stringere la sua mano grondante di sangue?

—Nella prima notte che io passai al fianco di Carlo, appena egli mi ebbe rivelato l'orribile segreto, io fui presa da ribrezzo, e mi ritrassi inorridita dall'amplesso sanguinoso. Ma quando il mio sposo mi fece suonare all'orecchio le sante parole: Italia e libertà! parole ch'io mai non aveva udite prima d'allora, parole che d'un tratto mi svelavano un nuovo mondo d'idee, di speranze e di aspirazioni; allora cessò il ribrezzo del sangue; una forza magnetica mi attrasse di bel nuovo verso colui che mi parlava quel gagliardo linguaggio—io non vidi più nel mio Carlo un assassino, ma il vendicatore di un popolo oppresso, lo strumento della giustizia di Dio...

—Voi l'amavate davvero il vostro Carlo, e veggo che l'amate ancora...

—Se io l'amo!

Rammenta, o lettore, l'energia della Rachel e la soavità della Ristori; uniscile assieme, e saprai qual fosse l'accento della bella Ascolana nel proferire quella esclamazione. E pensa altresì che ella era coricata; che i gesti, i moti della persona riuscivano doppiamente efficaci; che ad ogni agitar delle braccia e delle altre membra, le coltri se ne andavano giù dalla sponda opposta...

—E come avviene che il vostro Carlo non trovisi ora con voi?

—Le ragioni istesse che il giorno delle mie nozze lo spinsero a trucidare un prete scellerato, pochi mesi dopo lo strapparono dalle mie braccia. Egli è partito per Roma alla testa di un corpo di volontari...

—E voi, per quanto apparisce, vi siete proposta di andarlo a raggiungere...

—Ne ho fatto giuramento. Non è forse dovere di sposa seguire il marito, fosse anche sul cammino che conduce al patibolo? Oh sì! voglio combattere anche io; anch'io voglio prender parte a questa terribile e disperata lotta di generosi! A Roma si decidono in questo momento i destini dei nostri figliuoli—fra venti anni (il mio Carlo lo ha detto—ed io ho fede nelle sue parole) fra vent'anni, o i popoli avranno schiacciata l'idra del dispotismo clericale che ha in Roma il suo capo, o i preti avranno abbrutito di bel nuovo l'Europa coi terrori dell'inquisizione.

L'entusiasmo dell'Ascolana era al colmo.

Il Birecchi entrò nella stanza; ma ella non fece più caso di lui.

—Signora, le dissi stringendole la mano, mi accettereste voi per compagno di viaggio?

—Non solo vi accetto, ma conto su voi, rispose ella.

Il Birecchi fece una smorfia grottesca, e proferì un ho capito più sonoro e più goffo che mai.

Il mezzogiorno era prossimo, ed io voleva giungere al convento per l'ora del pranzo. Mi congedai dalla bella Ascolana, promettendole sarei tornato a farle visita prima di notte, onde intendermi con lei per l'esecuzione de' nostri progetti. Il Birecchi esitava a seguirmi, ma l'Ascolana con un sorriso misto di dolcezza e d'ironia:

—Signore, gli disse, io aveva bisogno del medico; per oggi posso dispensarmi dal cavadenti.

Il Biracchi sta volta non pareva disposto a capire; ma vedendo ch'egli rimaneva inchiodato dinanzi al letto, io lo indussi a seguirmi, traducendogli letteralmente il motto della signora:

—L'ammalata ha bisogno di rimaner sola.

—Ah! vedo... basta...! ho capito!

Pochi minuti dopo, io risaliva la collina per recarmi al convento; il Birecchi passeggiava sotto le finestre dell'albergo, appannandole de' suoi sospiri.

15

CAPITOLO V.

Risoluzioni ed espedienti.

Il partito era preso.—Non restavami che trovare i mezzi per seguire la bella Ascolana sul nuovo cammino ch'ella mi additava.

Farmi soldato.... combattere.... morire forse!... Perdonate, miei buoni lettori; io non ebbi mai molta fede nel mio eroismo, e ne ho ben poca nell'eroismo degli altri.—L'idea dei pericoli che io doveva incontrare sul sentiero della gloria, mi preoccupò seriamente lo spirito pel corso dei quindici giorni che io dovetti passare a Grottamare, attendendo la completa guarigione della mia bella compagna.

E nondimeno quei giorni trascorsero per me deliziosi, fra le ascetiche meditazioni del convento e la men casta contemplazione di una beltà provocante, innanzi a cui si erano dileguati tutti i miei santi propositi.

Frattanto l'Ascolana riacquistava ogni giorno nuove attrattive col rifiorire della salute. I suoi grandi occhi si aprivano sfavillanti come gemme; le labbra si animavano, la voce acquistava quel timbro da contralto, che io ritengo esser la voce ermafrodita degli angioli.

Appena fu in grado di abbandonare il letto, Adelaide—tale era il nome dell'Ascolana—uscì con me al passeggio. Ella si appoggiava al mio braccio, e tutta lieta delle forze rinascenti, camminava con lena giovanile sulle sabbie del mare, infino a quando io non l'avessi ammonita di far ritorno all'albergo. Pareva una giovane rondinella, che vicina a passare l'Oceano, tentasse con brevi voli la vigoria delle penne.

Una sera, tornando da una passeggiata più lunga del consueto, mentre io stava per congedarmi da lei «Amico, mi disse con accento risoluto; lunedì prossimo noi partiremo per Roma».

—Sì presto?

—Anche troppo abbiamo indugiato. Aspetteremo noi che i fratelli abbiano compiuta l'impresa senza di noi?

—Quando crediate che la vostra salute non debba soffrirne—per me, sono pronto a seguirvi.

—Dunque... deciso!

—Deciso! risposi risolutamente.

Ed io ripresi il cammino del convento coll'animo più agitato che mai. La risoluzione della Ascolana, sebbene naturalissima, fu come una pietra lanciata nell'onda tranquilla dell'anima mia.—Le mie finanze non si erano fino a quel giorno aumentate di un solo baiocco. Ora, come poteva io accompagnare la bella Ascolana senza premunirmi le tasche del denaro occorrente alle spese di viaggio?
Con tali pensieri entrai nel convento e mi presentai ai monaci nel punto che essi mettevansi a tavola.

—Voi mi sembrate turbato, disse padre Serafino, il superiore del convento.

—Lo sono pur troppo. Ho deciso partire da Grottamare lunedì prossimo, per recarmi a Roma.

—A Roma! esclamarono ad un punto tutti i religiosi.

Quell'annunzio produsse un effetto di stupore.

La cena fu più triste, più silenziosa del consueto. Levatomi da mensa, io mi recai alla cella di frate Domenico. Poichè fui solo con lui, il dabben uomo, appoggiandomi la destra in sulla spalla—figliuolo, mi disse—voi avete presa una santa risoluzione. Io non aveva osato parlarvi apertamente prima d'ora; ma il rimaner qui, fra gli ozii del convento, a voi giovane ancora e robusto, era proprio vergogna. Andate, che il Signore vi benedica! Se Iddio concede vittoria alle nostre armi, spero che un giorno ci rivedremo. Se è scritto nei voleri della Provvidenza, che prima di ottenere il trionfo, i campioni della civiltà e del progresso vengano sottoposti a più dure prove—se Roma è destinata a ricadere sotto il dominio assoluto del Pontefice... allora (e la voce del frate divenne fioca) allora dite un requiem all'anima del povero frate Domenico—perchè io son certo che le libere idee da me espresse in questi giorni mi costeranno la vita!

Io uscii dalla cella del frate. I monaci, che attraversavano i lunghi corritoi mi parevano vampiri. Mi chiusi a chiave nella mia cella, nè per quella notte potei prender sonno.

Però, da quella veglia inquieta nacque una ispirazione felice, ed io trovai l'espediente per ristorare le mie povere finanze.

All'indomani, verso le dodici ore, un gran cartellone, scritto a inchiostro di vari colori, annunziava agli abitanti di Grottamare un grandioso trattenimento vocale-istrumentale-poetico-dentistico, che dovea aver luogo nella sala del teatro la prossima domenica. Alcuni dilettanti del paese avrebbero eseguiti quattro pezzi di scelta musica, io avrei cantate sedici o venti cavatine fra buffe e serie, il Birecchi avrebbe strappati non so quanti denti al cospetto del pubblico; e un poeta di passaggio avrebbe improvvisati e declamati un centinaio di sonetti. Il prezzo d'entrata, perchè fosse proporzionato alle finanze di tutti, si lasciava all'arbitrio degli spettatori. Il teatro sarebbe illuminato a giorno.

Quel gran cartellone produsse l'effetto ch'io mi attendeva. Gli abitanti di Grottamare ricchi e poveri, giovani e vecchi, rimasero stupefatti dal pomposo annunzio. È bene l'avvertire che già da quindici anni non s'era riaperto quel teatro a spettacoli di sorta, e i proprietarii dei palchi sospiravano da gran tempo una buona occasione per riprendervi un dritto di possesso, che da tempo immemorabile i ragni ed i sorci avean loro usurpato. Quindi è che non mai, anche all'epoca solenne dell'apertura, s'era veduta la popolazione di Grottamare con tanta esultanza, tanto trasporto, tanto entusiasmo affollarsi dinanzi ad un avviso teatrale. Io mi avvidi d'aver trovata la miniera degli scudi; e sicuro di poterne ricavare quanto mi abbisognava per le spese di viaggio, mi tenni l'uomo più beato della terra.

CAPITOLO VI

Un concerto sconcertato.

Sai tu, lettore mio, quanto costi di noje, di rabbie, di attacchi nervosi, l'organizzare un concerto musicale?

È più facile l'appaiare ad un carro una tigre ed un coniglio, educare ad amichevole consorzio due sorci ed un gatto, trovare alla Camera dei Deputati due onorevoli che vadano perfettamente d'accordo in una quistione politica, riscontrare presso il letto d'un ammalato due medici d'egual parere sull'indole di una malattia,—che non il riunire i tanti elementi all'apparenza identici, di che si costituisce un concerto.

E dopo tante cure, tanti affanni, qual frutto?
Domandatelo a quei tanti artisti di merito, che da molti anni se ne vanno pel mondo con un violino o con un piffero...

La domenica fatale era giunta...

Suonavano le nove del mattino, quand'io sentii bussare leggermente alla porta della mia celletta.

—Son io, disse il sagrestano avanzandosi con esitazione.

—Che vi ha di nuovo?

—Una disgrazia. Ieri io aveva promesso di concorrere co' miei pochi talenti allo spettacolo di questa sera; voi vi affrettaste ad iscrivere il mio nome sull'avviso; ed oggi...

—Ebbene?

—Oggi non posso...

E qui il buon sagrestano a ripetermi le proteste del curato e del coadjutore, i quali non permettevano che egli uomo di chiesa, avesse a prender parte ad uno spettacolo tanto profano. Si trattava nientemeno che di un terribile dilemma, per cui il povero figliuolo era minacciato di perdere il suo impiego nella bottega del Signore.

—No: buon sagrestano; tu non verrai dimesso della tua carica, risposi io stringendogli la mano. Annunzieremo al pubblico la tua improvvisa indisposizione, e il Birecchi ti supplirà strappando otto denti in luogo di quattro.

Io non aveva finito di profferire queste parole, quando il direttore della banda civica entrò anch'egli nella mia cella con aria compunta. Egli veniva ad annunziarmi che i quattro pezzi di scelta musica non si potevano eseguire per quella sera. I dilettanti del paese già da quattro anni non si erano più dilettati di suonare in concerto. Ricorrendo a i loro istrumenti, aveanli trovati guasti dalla polvere e dal verde-rame.—Al corno mancavano due cerchielli, al flauto tre chiavi, all'oboe il becco; e nella gran canna del bombardone già da molto tempo avea preso dimora una colonia di sorci. Oltre di ciò, nel paese non si trovava altro pezzo di musica fuori di una marcia funebre scritta otto mesi prima, dal maestro C..., in occasione di illustre matrimonio.

In brevi parole.—Prima che il mezzogiorno fosse suonato, tutti i dilettanti e professori, che doveano prendere parte al concerto, vennero da me per iscusarsi di non poter adempiere alle loro promesse.

Discesi a Grottamare inferiore—corsi alla casa del Birecchi, il solo artista che ancora mi rimanesse fedele; ma qual fu il mio stupore nello intendere che il perfido dentista la notte precedente era partito per Camerino!

Allora sentii mancarmi le forze—ebbi un momento di vertigine—con un lampo di strabismo mentale lanciai gli occhi nel passato e nell'avvenire—poi, in un accesso di disperazione, risolvetti di dare il concerto da solo.

Ma come fare? Il tempo stringeva. E conveniva ripulire il teatro, farvi trasportare un pianoforte, trovare un maestro accompagnatore, destinare qualche galantuomo alla sopraintendenza della cassetta; e il mezzogiorno non era discosto, ed io mi sentiva già stanco dalle contrarietà indurate. Poichè vidi che ogni cosa volgeva alla peggio, e pareva decretata dai fati la mala riuscita di quella intrapresa, io pensai bene d'andarmene a pranzo, indi sdraiato sovra un divano, attendere l'ora dello spettacolo, che, secondo tutte le probabilità, doveva terminarsi con una pioggia di sassate.

Quel giorno pranzai all'albergo del Marcuccio in compagnia dell'Ascolana. Prevedendo i pericoli che in quella sera mi minacciavano, la pregai di non intervenire allo spettacolo—indi attesi rassegnato l'ora di recarmi in teatro.

Il sole volgeva al tramonto, quando un messo del sindaco, accompagnato dall'ottimo sagrestano, recommi le chiavi del teatro. Io le presi tremando, come se il ferro dovesse bruciarmi le dita. Il sagrestano cavò di tasca una ventina di moccoli, che egli aveva raccolti nella chiesa acciò mi servissero per l'uso profano di illuminare la platea.

Poichè i due messi furono partiti, mi feci recare dal Marcuccio quattro bottiglie di vino: le collocai in un paniere coi moccoli e le chiavi, indi, recatomi il paniere sottobraccio, tutto solo, a lenti passi mi avviai verso il teatro, ove mi chiusi, e cominciai a prepararmi alla rappresentazione, vuotando d'un fiato una bottiglia.

Alle otto ore la sala era illuminata.—Apersi la porta—una ondata d'uomini, donne e fanciulli si precipitò per entrare.

Alto là! gridava il sagrestano, agitando un randello.—Guai a chi entra senza pagare! Morte ai ladri! Indietro la canaglia! Viva la cortesia, la generosità! Trattasi dell'onor del paese! Bravi figliuoli! Attenti al bacile!... Ah! sta bene! Grottamare è il paese dei nobili cuori!..

Diffatti in meno ch'io vel dica, eran piovuti nel bacile un centinaio di paoli e una ventina di papetti.

Finito quello sfogo popolare, l'alta aristocrazia del paese, capitanata da un conte e da un barone, sfilò dinanzi al bacile, gettandovi grosse monete d'argento. Alle otto e un quarto circa, la platea, i palchi, il loggione eran colmi di gente—e il bacile presentava l'aspetto più consolante.

Il Rubicone era passato—omai non si poteva retrocedere.

Qual fosse l'animo mio non saprei dirvi; più la gente ingrossava e più crescevano le mie angoscie, sebbene alquanto io mi fossi rassicurato nell'udire come il pubblico si mostrasse già soddisfatto della illuminazione, alla cui vista avea mandato un urlo di viva!

Allo scoccare delle otto e mezzo, dopo aver intascate le monete che erano nel bacile, abbandonai il posto di portinaio, e salii sul palco scenico per dar principio al trattenimento. Vuotai una seconda bottiglia, indi rimossa la tela, mi presentai sul proscenio onde annunziare al pubblico le indispozioni sopravvenute agli artisti colleghi, e prevenirlo degli inconvenienti accaduti. La mia breve arringa si chiuse fra plausi d'entusiasmo. Il coraggio mi risalì dai talloni alla testa:—vuotai la terza bottiglia— ordinai fosse immediatamente alzato il sipario, e appena scoccato l'ordine, corsi io stesso ad eseguirlo. Tirata la funicella, il sipario si alzò fra nuove grida di entusiasmo.

Per intrattenere aggradevolmente la numerosa adunanza io dovetti in quella sera esaurire tutta la lena de' polmoni e del cervello. Accompagnandomi ad una spinetta scordata, cantai non meno di venti pezzi da soprano, da tenore e basso; improvvisai una dozzina di sonetti a rime obbligate; declamai quattro canti della Divina commedia...

Il trattenimento poetico musicale durò fino a mezzanotte, e forse sarebbesi protratto infino all'alba, se un caso inaspettato, ed a me favorevolissimo, non avesse obbligato gli spettatori ad uscire dal teatro. I moccoli del sagrestano, quei moccoli per cui, al cominciare della rappresentazione, il teatro brillava di tanto bagliore, essendo, come ognuno può immaginare, di varia dimensione e grossezza, col proceder del tempo s'erano andati spegnendo ad uno ad uno, versando sul rispettabile pubblico una broda tepida e viscosa. Verso mezzanotte la sala non era più rischiarata che da un solo lucignolo; ed io era giunto alle cadenze della ventesima cavatina, e già un migliaio di mani stavano alzate per applaudire, quando ad un tratto anche quest'ultimo raggio venne a mancare, e il palco scenico, la platea, tutto insomma il teatro, s'immerse nel buio più denso.

La sorpresa fu generale. Gli uomini mandarono un urlo spaventevole, le donne risposero cogli strilli.—Chi cerca tastone il cappello, chi appoggiandosi alle muraglie si trascina verso la porta d'uscita; l'uno s'aggrappa all'altro; chi urta, chi spinge, chi s'azzuffa e le panche rovesciandosi con fracasso, pestano senza misericordia i calli della vile moltitudine, e stracciano le gonnelle delle signore. Fu vero miracolo che in tanta confusione nessuno si fiaccasse il collo o spezzasse il cranio alla parete.

Dopo dieci minuti di scompiglio, il sagrestano comparve finalmente in sulla porta del teatro con un lampione inchiodato ad una pertica. Alla vista di quel faro, tutti proruppero in grida di gioia, e beati dell'improvvisa luce, con calma e nel miglior ordine possibile uscirono dalla sala.

Accompagnato dal fedel sagrestano e da quindici o venti giovinetti del paese, io discendeva poco dopo a Grottamare inferiore, recando con me un sacchetto di circa quaranta scudi romani. Lagrime di tenerezza mi piovvero dalle ciglia quando, giunti all'albergo del Marcuccio, dovetti accommiatarmi da quei bravi e generosi amici, e ricevere il bacio d'addio, e udire le schiette parole di benevolenza che i Romagnoli ed i Marchigiani profferiscono con tanto di cuore.

All'indomani, verso le quattro del mattino, io salii coll'Ascolana nella vettura del Marcuccio. Il sagrestano quella notte non s'era coricato. Quel dabben figliuolo voleva esser testimonio della mia partenza, ed augurarmi ancora una volta il buon viaggio. Appena lo vidi appressarsi corsi a lui, e lo abbracciai come un fratello; poi, tratti di tasca due scudi, glieli posi nella mano.

—Che!—diss'egli, quasi indispettito—credereste ch'io potessi accettare.....?

—Non sono per te, buon amico. Quando io sarò partito, fa di recarti al convento e di presentare cotesto regaluccio a frate Domenico in segno della mia riconoscienza; e siccome quel buon religioso rifiuterà il denaro, provvedi del tabacco da naso, e pregalo d'accettare la tenue offerta d'un povero diavolo, che sempre farà voti per lui.

Il sagrestano prese gli scudi, mi gettò le braccia al collo, e dopo un ultimo bacio se ne andò singhiozzando.

Io salii nella vettura; il figlio del Marcuccio arringò le sue bastie; e partimmo alla volta di Macerata.

CAPITOLO VII

Colle Fiorito.

L'età mia giovanissima, la salute vigorosa, la lunga astinenza dai diletti di amore, più volte, durante il viaggio, mi esposero a difficili cimenti. Ma la donna, che nei propositi generosi ed onesti è sovente più ferma dell'uomo, moderava i miei ardori colla saviezza del suo contegno. Quand'io, fissandola con uno sguardo troppo espressivo, le minacciava una dichiarazione, il nome di Carlo le veniva sul labbro accompagnato da un sospiro eloquente. Se la mia conversazione volgeva al sentimentale, essa si atteggiava da eroina—io parlava d'amore; ella rispondeva: battaglie!

I frequenti trabalzi della vettura che l'uno verso l'altra ci spingevano, la solitudine, l'oscurità della notte, e gli altri lenocinii della nostra posizione non debellarono la fermezza della Ascolana.

Passammo per Macerata, Camerino e Tolentino, non arrestandoci che per prender cibo.

Giunti alla Muccia, il figliuolo del Marcuccio non volle più accompagnarci colla sua vettura.

Noi lasciammo ch'egli retrocedesse e ci recammo ad un meschino albergo per riposarci dal lungo e disagiato viaggio.

Io dormiva placidamente da due buone ore, quando un rumorio di cariaggi e di cavalli, mi riscosse d'improvviso.

—Sono carabinieri bolognesi che si recano a Roma—disse l'oste entrando nella mia stanzuccia.

—Ben giunti!

E balzai dal letto, diedi la sveglia all'Ascolana, poi con essa mi recai sulla piazza.

La fortuna mi inviava in que' soldati una eccellente scorta per proseguire più sicuro nel mio viaggio. Parlai al colonnello ed ottenni due posti sui cariaggi.

Poche ore dopo, giungemmo a Colle Fiorito.

Le scene ch'io sto per descrivere sono di un genere ben diverso dalle precedenti; mi è quindi forza mutar stile e colori, e darmi l'aria di scrittor serio.

L'esercito austriaco pochi giorni innanzi era entrato vittoriosamente in Bologna. Come suole avvenire in tali fortune di guerra, prima che le nuove truppe occupassero la città, le antiche ne sgomberavano, seguite da quei cittadini che per avventura si credevano più compromessi.

I carabinieri, coi quali io mi era accompagnato, erano circa duecento, e rifuggiavansi a Roma dietro ordini di quel governo repubblicano. Il colonnello, che precedeva a cavallo la comitiva, era un gagliardo di cinquant'anni in circa; volto abbronzito dal sole, occhio di brace, irti mustacchi. Cavalcavano al di lui fianco da cinque o sei uffiziali e due donne belle e giovanissime entrambe, figlia l'una, l'altra cognata del chirurgo maggiore. Un sergente di circa quarant'anni, inchiodato alla sua cavalcatura, si era legati dietro il dorso due piccoli bimbi, mentre dinanzi, fra l'una e l'altra briglia del cavallo, sporgeva il capo una leggiadra fanciulletta non maggiore di due lustri, che tenendosi d'una mano aggrappata alla folta criniera della giumenta, coll'altra accarezzava languidamente il volto del soldato.

—Povero padre!—sclamò l'Ascolana additandomi quel gruppo—Povero soldato!

—Eccellente padre, eccellente soldato!—io risposi. E la viva commozione mi troncava le parole.

—Que' poveri bambinelli cominciano presto a sperimentare i disagi della vita. Eppure, non vedi come sorridono? Essi scherzano infantilmente colle cinghie di quella bianca tracolla. E quella gentile fanciulletta che di tempo in tempo si volge indietro a salutarli con un bacio!... Oh beati i fanciulli! felice l'età in cui l'uomo può sorridere in mezzo ai più gravi pericoli e trastullarsi delle avversità! Quelle vergini creature sono inaccessibili al dolore.

—È vero; ma il povero padre... porta egli solo il fardello di tutti.

Le nostre considerazioni furono interrotte da parole aspre ed odiose, che di un tratto ferirono l'orecchio. Alcuni soldati pedestri s'erano in quel punto avvicinati al carriaggio. L'un d'essi aveva proferita una grossa bestemmia: l'altro, volgendosi al conduttore del convoglio:

—Pe' tuoi mortacci!—gridò con rabbia feroce—dev'essere molto comodo viaggiare a cavallo od in vettura! Io ho le scarpe consunte, e la pelle che fa sangue. Sozii, fatevi in là, o cedetemi il posto per qualche ora, se ciò vi torna più gradito!

Così dicendo, il soldato spiccò un salto e venne a collocarsi sul carriaggio. Gli altri non tardarono a seguirne l'esempio, e tutti quanti vennero a sdraiarsi confusamente vicino e noi. L'Ascolana arrossì, tremò di dispetto e di paura; quando ella si strinse al mio braccio come per cercare un rifugio, sentii che la sua mano tremava.

—Signori—diss'io volgendomi ai soldati,—permettete che noi scendiamo a terra. Non ci sarà discaro far qualche miglia a piedi.

Nessuna risposta. Io balzai dal carriaggio, e l'Ascolana meco. Camminammo due ore in silenzio: la mia bella compagna troppo tardi s'avvedeva che l'andare a Roma non era in quell'epoca la cosa più facile del mondo, e che più ci accostavamo alla capitale, più crescevano gli ostacoli e i disagi.

Di tratto in tratto io porgeva orecchio alle parole dei soldati. Parvemi da prima ch'essi macchinassero qualche orribile disegno; li intesi proferire sommessamente il nome del colonnello; poi vidi segni e gesti minacciosi, accompagnati da bestemmie ed imprecazioni; alla fine compresi il mistero. In quel piccolo esercito era entrata la sfiducia, che propagandosi come per magnetico influsso da uomo ad uomo, riesce talvolta a demoralizzare anco i valorosi, a trasformare i leoni in conigli. Lamentavano i disagi sofferti nel cammino; ricordavano le care famiglie abbandonate, le spose e i figliuoli lasciati senza sostegno; stimando inevitabile e prossima la caduta di Roma, vana impresa giudicavano lo accorrere a difenderla. E tali cose ripetendo, dapprima con trepida voce, poi colla sicurezza di chi trova appoggio negli altri, tutti concordemente risolvettero di abbandonare il colonnello e di andarsene ove ciascheduno credesse meglio.

Eravamo a qualche miglio da Foligno, quando alcuni paesani ci vennero incontro, annunziando al colonnello esser poche ore innanzi entrata in quella città l'avanguardia dell'esercito austriaco, che movea da Toscana alla volta d'Ancona.

Il colonnello fece sosta; poi, dopo aver riflettuto, ordinò ai soldati di retrocedere verso Colle Fiorito. Tutti obbedirono; il colonnello (duolmi d'averne obbliato il nome) avea nella voce, negli sguardi, in tutta la nobil persona qualche cosa di solenne e di autorevole. Poichè fummo giunti a Colle Fiorito, egli si fermò nuovamente, e fatte schierare le truppe, lo arringò con queste brevi parole:

—Fratelli! dovere d'ogni soldato è la cieca obbedienza agli ordini de' superiori. Questi ci chiamano a Roma; noi dobbiam tentare ogni mezzo per giungervi. Là (ed accennava una strada erta e dirupata) apresi la valle di Tesino, per cui in meno di sei ore giungeremo a Spoleto. Il passaggio è alquanto malagevole; convien quindi abbandonare i carriaggi, i bagagli, e tutto quanto può darci impaccio. Riposatevi per pochi istanti; io vi concedo due ore di bivacco prima di riprendere il cammino.

Un mormorìo lugubre e sinistro rispose a quella breve allocuzione. Il volto del colonnello si fece pallido di sdegno; egli tentò proferire altre parole, ma l'impeto della commozione gli tolse la voce. Allora le file dei soldati si scomposero, e taciti ciascuno, la fronte dimessa, presero la via opposta a quella che il colonnello aveva additata.

—Figliuoli! figliuoli!... la vostra è una risoluzione codarda! Abbandonarmi in tal momento! Disertare la bandiera della libertà. Fermate!... Ah! vile canaglia! ah! briganti screditati!... poichè il morire in battaglia vi fa tanta paura, possiate, com'io di cuore ve lo auguro, morire sulla forca appiccati!

Così parlava il sergente, che, sceso da cavallo, e collocati i suoi figliuoletti sotto un albero, si adoperava con preghiere e minacce a ricomporre le file, a rianimare gli spiriti della soldatesca demoralizzata. Ma nè preghiere nè minacce valsero a tanto; i disertori non ascoltavano più che il freddo consiglio della paura, e allontanandosi a piccoli drappelli, si spandevano nelle campagne vicine. Il colonnello dall'alto del suo cavallo li accompagnava con sguardi di rimprovero e di dolore.

Già i disertori erano quasi tutti scomparsi, e intorno al colonnello non rimanevano che venti o trenta uomini incirca, allorquando il tuono di una fucilata ci fece trasalire.

—Ah cane! assassino!—urlò il sergente come toro ferito.

Noi accorremmo al suo grido. Povero sergente! Tengo vivamente scolpiti nella memoria i lineamenti di quella fisonomia vivace e stizzosa, e parmi vedere tuttavia que' suoi occhi da augello grifagno mandar lampi di sdegno. Le invettive lanciate contro i disertori gli eran state cagione di un alterco con tre o quattro soldatacci, i quali avevano posto mano alle spade. Nell'allontanarsi, un di essi, nascosto dietro gli alberi, aveva scaricato un colpo sull'animoso sergente.

Il buono e generoso soldato esce illeso dalla mischia e con paterna sollecitudine ritorna presso l'albero, ove poco dianzi aveva adagiata la sua piccola famiglia....

I due bimbi agitano le mani in segno di esultanza e prevengono coi baci le carezze del padre... Perchè mai la gentile fanciulla non si leva dagli erbosi tappeti per lanciarsi nell'amplesso paterno?....

Il sergente si avvicina al piccolo gruppo... Il pallore, l'immobilità della figliuola gli stringono il cuore di un orribile presagio... Egli stende la mano, prende fra le braccia il corpo amato—lo agita, lo stringe, lo scuote con moto convulso...! Oh momento di terribile angoscia!—Enrichetta, la vispa fanciulla, che poco dianzi folleggiava sotto l'albero, governando come una piccola madre i due minori fratelli— Enrichetta non era più che una gelida larva.—La palla scagliata dal disertore codardo, risparmiando il sergente, era giunta fino al cuore della povera fanciulletta...

Le grandi, le improvvise sciagure istupidiscono... Appena il sergente si riscosse, mandò dal petto un ruggito...

Poi, senza profferire parola, cedette all'Ascolana la piccola salma, e trasse la spada dal fodero per slanciarsi nella boscaglia ad inseguire i fuggiaschi...

—Ferma! gridò il colonnello, ferma!... Vuoi tu cimentare la tua vita contro un centinaio di codardi, i quali ti piomberanno adosso per ischiacciarti?

Fossero non cento, ma mille! replicò il sergente nell'entusiasmo del dolore; io giuro di esterminarli.... tutti...

—Tu rimarrai soverchiato, ed essi ti uccideranno...

—Ebbene? che importa?.... desidero vendicare mia figlia... e morire...

—Morire... Sta bene... E chi avrà cura degli altri due figli?

In questo punto, i due poveri bamboletti, ignari dell'orribile caso, si erano trascinati carpone fin presso al sergente, e gli abbracciavano le ginocchia per fargli festa...

Il padre sentì la voce del dovere... Le piccole braccia che gli stringevano le ginocchia parvero pietrificarlo.

—Oh! voi avete ragione! esclamò il sergente, stendendo la mano al colonnello... Grazie! grazie del buon consiglio!... Questi poveri innocenti... hanno bisogno di un padre...

Ciò detto, il desolato ritolse all'Ascolana il prezioso deposito, e sedette sotto l'albero, riscaldando co' suoi baci e colle lagrime le guancie dell'estinta. Quel volto abbrunato dal sole, duro, irsuto, spirante furore e vendetta—in quel momento di sublime dolore avea acquistata una espressione di tenerezza materna.

CAPITOLO VIII

Spoleto.

Il giorno era tramontato, e già la luna imbiancava la vetta degli Appennini, quando noi ripigliammo la marcia. I soldati e le donne montarono a cavallo; io salii sulla groppa di uno sciagurato asinello, noleggiato per pochi baiocchi dall'oste di Colle Fiorito.

Il sergente si fece legare dietro il dorso i minori figliuoletti e adagiò l'amato cadavere sulla sella.

Viaggiavamo in silenzio. Ciascuno avea qualche segreto dolore nell'animo, o tristi memorie del passato, o presentimenti funesti dell'avvenire.

Da Colle Fiorito fino all'entrata della valle di Tesino, si ascende per facile pendio tappezzato di verdi erbette, nudo di alberi e di cespugli; e quindi, dove comincia il declivio, la strada diventa più malagevole e va intricandosi in una specie di laberinto, ove di leggieri ci saremmo smarriti, se il talento dei quadrupedi in tali casi non guidasse quello dell'uomo. Cavalcammo tutta notte senza mai arrestarci, ed allo spuntare dell'alba ci trovammo aver superata la spaventosa vallea, dove, per la pioggia abbondante caduta pochi dì innanzi, il torrente s'era ingrossato a tal segno che il mio povero asinello più volte aveva nuotato nell'acqua fino alla pancia. Verso le dieci del mattino, entrammo in Spoleto. Quivi era giunta una colonna mobile di soldati volontari, reclutati dal generale Arcioni, parte in Toscana, parte nelle città e nei villaggi delle Romagne, Arezzo, Perugia, Cortona, Assisi, Macerata, Foligno, tutte le città e le grosse borgate poste sullo stradale che da Firenze mette a Roma, aveano dato il loro contingente a quell'esercito improvvisato, che simile ad una falda di neve staccatasi dalla cima d'un monte, si era ingrossato nel discendere e trasformato in una valanga formidabile.

Sulle porte di Spoleto, io e l'Ascolana prendemmo congedo dai nostri compagni. Quando fummo per separarci, il sergente si avvicinò a noi colla sua cavalcatura, e volgendosi alla mia compagna: signora, le disse, questa sera avran luogo i funerali della mia povera bimba. In così dire, sollevò un lembo del panicello bianco che la copriva, e riguardato il bellissimo volto dell'estinta, e baciatala religiosamente in fronte:—ella è proprio morta! riprese singhiozzando; converrà quindi che questa sera noi la portiamo al camposanto. Voi l'accompagnerete, signora? Voi verrete a spargere qualche fiore sulla sua tomba. Saremo pochi al corteggio, tanto pochi, che se alcuno mancasse....

Le parole del sergente si perdettero in un singhiozzo. Adelaide gli stese la mano:

—A qual ora?

—Alle sei, rispose il sergente, nella chiesa dell'addolorata.

—Prima delle sei, saremo là ad aspettarvi.

Il sergente ci ringraziò con un melanconico cenno del capo e volse il cavallo verso la piazza maggiore. Io entrai coll'Ascolana nel primo albergo che ci occorse.

Riposati il corpo e la mente dalle insolite fatiche, essendo già il sole prossimo al tramonto, ci avviammo taciti e mesti verso la chiesa, donde il convoglio funebre dovea partirsi. Entrati, noi trovammo le due donne ed i carabinieri devotamente inginocchiati presso un piccol feretro, coperto d'un bianco drappo e sormontato da una ghirlanda di fiori recenti. L'Ascolana vi depose un'altra corona; poi, colle lagrime agli occhi, si confuse all'altre donne. Il sergente, traendo seco i suoi due minori figliuoletti mi si accostò, mi strinse la mano per ringraziarmi, e fissato lo sguardo sulla cassa mortuaria, stette immobile come impietrito dal dolore finchè un sacerdote, accompagnato da due chierici, mosse alla nostra volta intuonando la pace dei defunti.

Il sacerdote, che allora scendeva dall'altare per la funebre cerimonia, veggendo tanti soldati nella chiesa, ne parve sgomentato: se non che la pia attitudine delle donne e le lagrime del povero sergente, e i nostri volti compunti da religiosa mestizia, lo rincorarono. Poichè ebbe cantate secondo il rito le lamentevoli salmodie, le donne, sollevata la cassa, in bell'ordine uscirono dal tempio, e noi tutti dietro quelle per strade solitarie ci avviammo al camposanto.

Sotto le mura di Roma cadevano ogni giorno le vittime a centinaia; le palle dei Chasseurs de Vincennes colpivano i petti dei militi generosi, che pieni di giovinezza e di vita, bivaccavano sui baluardi assediati; e noi con occhio asciutto leggevamo ogni giorno il bollettino dei morti e dei feriti, fra il pranzo ed il caffè, indifferenti spettatori di quella sanguinosa tragedia per cui il Tevere scorse parecchi mesi vermiglio.—Perchè mai, nel condurre al cimitero la figliuola del sergente, noi tutti, compreso il colonnello dal volto abbronzito, commossi l'anima d'insolita tenerezza, camminavamo a capo chino e versando qualche lagrimuzza?

Misteri del cuore umano!

Quando fummo nel camposanto, e il sacerdote ebbe per l'ultima volta benedetta la piccola salma, una scena inaspettata e commovente pose fine alla cerimonia lugubre. I due piccioli bimbi che il sergente avea condotti seco; essi che durante la giornata non aveano dato alcun segno di compunzione quasi in loro non fosse coscienza del doloroso avvenimento; essi, che senza piangere aveano seguito il funebre convoglio, appena i becchini si impadronirono della cassa per calarla nella sepoltura, entrambi ad un tempo mandarono un grido, e cercando svincolarsi dalle braccia paterne, fra le lacrime ed i singhiozzi, si diedero ad esclamare il nome di Enrichetta. La buona Ascolana se li recò in grembo tentando placarli con amorose parole; ma di mano in mano che i becchini colmavano di terra la fossa, i pianti e le grida di quei due poveretti raddoppiavano.

—Enrichetta è salita al paradiso, diceva il sergente, a mala pena soffocando i singhiozzi; Ella è andata lassù a trovare la vostra povera madre e tornerà presto.... e voi andrete a stare con lei... e per sempre.

—No! no! strillavano i due bimbi, additando la fossa, e fissando gli occhi nei due becchini con espressione quasi feroce.

—Signori, disse il sergente volgendosi a noi; il santo uffizio è compiuto, nè io pretendo abusare più oltre della vostra carità. Lasciate ch'io rimanga solo per pochi istanti colla mia piccola famiglia; ho bisogno anch'io di sfogare senza testimonii il mio dolore. Le lagrime stanno male sul ciglio di un soldato, ma il padre ha bisogno di piangere, ed egli vi chiede a tal uopo un momento di solitudine. In pari tempo, vedrò di calmare anche questi due innocenti, che, siccome voi vedete, ora soltanto si sono accorti di aver perduta una sorella.

Noi uscimmo dal camposanto; l'Ascolana si appoggiò al mio braccio, e rientrammo all'albergo coll'animo profondamente commosso.

CAPITOLO IX

L'organista di Camerino e il sensale Bertoni di Milano.

All'indomani, prima che l'alba spuntasse, uscii solo dall'albergo, per cercare una vettura. Ma tutti i cavalli erano stati sequestrati dai volontari, e il mio povero asinello, nell'attraversare la valle di Tesino, avea preso una tosse caparbia, una di quelle tossi che domandano l'assoluto riposo e la cura dell'olio di merluzzo.
Tali ostacoli non potevano trattenere la foga bellicosa dell'Ascolana. Quand'io rientrai nell'albergo per annunziarle il mal esito delle mie ricerche:—Ebbene! diss'ella colla massima indifferenza: noi proseguiremo il viaggio a piedi! Giungeremo più tardi, ma in tempo da prestare una mano ai nostri fratelli!

Perchè dissimularlo?—Ho già detto più sopra che io non ho veruna pretesa di eroismo. La speranza di giungere troppo tardi mi fece accogliere come un benefizio della fortuna la necessità di proseguire a piedi il cammino.

Consegnammo le nostre valigie al sergente dei carabinieri, raccomandandogli di portarle a Monte Rotondo, ove la brigata doveva soffermarsi qualche giorno per completarsi di nuove reclute, e riorganizzarsi.—E subito, profittando della frescura mattinale, liberi e lieti come due capriuoli, uscimmo da Spoleto, e in marcia!

In meno di sei ore giungemmo a Terni, dove il giorno precedente era entrata la compagnia del generale Arcioni... La città era tutto in fermento. Anche qui, come a Spoleto, difficile oltremodo il trovare una camera da alloggiarvi. I volontarii dormivano sui carriaggi, nei caffè, sotto i portici delle case, nelle strade. Dopo aver passate parecchie ore nella fastidiosa incertezza di dover pernottare sotto l'azzurro padiglione del cielo—la cavalleresca galanteria di un uffiziale volontario venne in nostro soccorso. Questo benemerito uffiziale, che spontaneamente venne ad offrirci la propria camera, chiamavasi Napoleone... Savon. Personaggio molto singolare, il quale, nella sua duplice missione di poeta e di soldato, avrebbe potuto chiamarsi il Camoens della compagnia, se il disordine della toletta ed altre apparenze non lo avessero assimiliato a Diogine. Ma del Savon e delle sue eccentrità poetico-militari dovrò dire più innanzi. Per ora basti questo cenno di gratitudine pel suo tratto ospitale!

Il dì seguente proseguimmo fino a Narni, dove ci fu dato noleggiare una vettura per trasferirci quel giorno stesso a Civitacastellana.

A poche miglia da Otricoli, ci venne veduto, attraverso il polverio della strada, un vecchierello appoggiato alla muraglia come persona affranta dalla stanchezza.

Indossava un abito color cenere assai logoro; le scarpe rossiccie aprivano le labbra, e mostravano i denti e la lingua sitibonda.—Povero viaggiatore, perduto nella solitudine, forse disperante di toccare la meta...

—Quell'uomo fa dei gesti al nostro indirizzo, disse l'Ascolana.

E il vetturino, per istinto di misericordia, trattenne le bestie.

Il vecchio portò la mano alla fronte come un devoto che accenni al segno della croce; ma il gesto non fu compiuto, e la mano ricadde dalla fronte con disperato abbandono.

—Buon uomo! disse l'Ascolana, voi sembrate spossato—se volete salire nella vettura, noi vi condurremo a Civitacastellana...

—Grazie! rispose il vecchio, grazie!... Se vi degnate accordarmi un posto nella carrozza, io vi benedirò come il mio angelo salvatore.

Il vecchio non potè proseguire; ma con trasporto di sentita riconoscenza; egli strinse la mano di Adelaide, e la baciava bagnandola di lacrime.

Poco dopo, salì nella vettura, e appena i cavalli ripresero il corso, cominciò a raccontarci la sua istoria:

Era un antico carbonaro, il quale avea passati quindici anni nella fortezza di Civitacastellana, per espiare il delitto di aver appartenuto alla setta. I preti lo avevano crudelmente perseguitato fin da fanciullo, e la condanna profferita contro lui nel tenebroso Consiglio della Inquisizione, e la immeritata, lunga, angosciosa prigionia aveano maturato in quell'anima di ferro un odio profondo e un indomabile desiderio di vendetta. Uscito dalla fortezza, in seguito all'amnistia del costituzionale Pio IX, era tornato a Camerino per rivedere la famiglia—una moglie, e due figlie, di cui non avea più udito parlare. Il povero carbonaro, mettendo piede nel paese nativo, seppe che la sua vedovanza datava da parecchi anni. La moglie era ita a Roma per supplicare la clemenza di Gregoriaccio a pro della famiglia infelice. E frattanto un cardinale del paese, che l'avea consigliata a quel passo, si era fatto pagare la mediazione dalle due figlie, in moneta molto abusiva.—La povera madre, riportò da Roma la terribile convinzione che i preti, quanto facili ad accordare indulgenza ai morti mediante retribuzione di pochi baiocchi, altrettanto rigidi e crudeli rifiutano il perdono ai vivi, quand'anche per essi interceda un sentimento di umanità e di giustizia.

Rientrò nel tetto domestico coll'angoscia disperata—e sulla soglia trovò la più grande delle sventure: il disonore.—Il cardinale aveva operato misteriosamente, con tutta l'arte e la diplomazia di un corruttore tonsurato, ma le due giovanette non potevano dissimulare più a lungo le naturali conseguenze del fatto. Il paese mormorava—gli amici del condannato imprecavano sommessamente—le povere figliuole, non osando più mostrarsi in pubblico, si struggevano in lacrime, presso il letticciuolo della madre, che nei delirii dell'agonia, imprecava al Pontefice. Quando la buona donna mandò l'ultimo sospiro e l'ultimo anatema contro i sicarii della sua famiglia, le orfanelle ricorsero al cardinale, e annunziandogli per iscritto il luttuoso avvenimento, gli chiesero misericordia.—Il cardinale ricevette la supplica, dinanzi ad una magnifica zuppiera colma di riso alle quaglie. Lesse, crollò il capo, trasmesse il foglio al segretario, dicendogli con aria indifferente: vedete di mandare a queste due disgraziate qualche baiocco sulla cassetta particolare... di S. Giuseppe. E inforcata una quaglia, e levatala all'altezza del naso: quest'anno, soggiunse, sono men grasse che l'anno passato!... Bisogna migliorare la pastura, signor segretario. Quel briccone di Petronio avrà risparmiato la pannera.—Le figlie del condannato, due mesi dopo scomparvero da Camerino, e più nessuno ne udì parlare.

Allorquando il vecchio carbonaro seppe da' suoi compaesani la orribile istoria, mandò un ruggito, e afferrato un coltello, corse alla Chiesa per scannare il primo prete che gli si parasse dinanzi. Un amico, un correligionario di carboneria lo trattenne.—L'ora della vendetta non è ancora suonata; fra breve, non uno, ma tutti!—E il vecchio prigioniero di Civitacastellana raffrenò gli impeti della vendetta, nel desiderio di una vendetta più universale e più terribile. Si chiuse nella casa deserta, e sulla pietra del vecchio focolare aguzzò la lama del coltellaccio; e all'indomani venne in campo santo, per ripulire l'acciaio sulla croce della povera moglie.—Quindi incamminossi a piedi fino a Bologna, onde tener d'occhio una cattiva bestia, ch'egli voleva accarezzare d'un colpo al primo squillo della rivoluzione. Ma la bestia, quand'egli giunse, si era già nascosta in un covo—e quindi gli fu mestieri attendere e andarla a cercare in altri luoghi.—Il vecchio carbonaro, nel raccontarci questa lugubre istoria, si animava di un ardore feroce, e i suoi piccoli occhi bigi parevano carboni infuocati.—La cattiva bestia era sfuggita sempre alle carezze del suo fido.—Ed ora, egli tentava l'ultima prova, recandosi in Roma, per vedere—diceva egli—se Iddio sia il dispensiero della giustizia e il punitore delle scelleraggini umane, o non piuttosto il capo invisibile dei briganti.

Quel racconto, pieno di episodii commoventi e di descrizioni vivamente colorite, ci distrasse durante la lunga ed incomoda scarrozzata.

Compiremo il viaggio in compagnia, disse l'Ascolana, stendendo la mano al vecchio, poichè questi ebbe finito di parlare. Voi dite di non aver denaro? Ebbene,—faremo cassa comune. Quindi innanzi voi potete disporre dei nostri tesori privati... Ma a proposito di tesori, soggiunse l'Ascolana volgendosi a me con disinvoltura amichevole; badate, mio buon amico, che io sono ridotta a dover contare su voi per le spesuccie che ci occorreranno prima di giungere a Roma. Vi prego di aprirmi una partita di credito: ed io vi rimborserò non appena avremo posto piede nella città eterna.

Per moto istintivo, io portai la mano alla taschetta del gilet, dove si chiudevano i residui indeterminati del nostro tesoro.—Palpai, numerai le monete con qualche trepidazione—poi, rifiutando fede alla prova e controprova del tatto cavai fuori il denaro, per rivedere i miei conti sul palmo della mano.

Il nostro tesoro si riduceva a una quindicina di paoli.

—Noi dobbiamo sei paoli al vetturino—e questa sera, andando a Civitacastellana, non potremo passarcela senza cena. Quand'anche trovassimo una vettura per proseguire immediatamente il viaggio, noi giungeremo alle porte di Roma senza un baiocco.

—Lasciate fare a me, disse il vecchio carbonaro. A Civitacastellana io troverò degli amici, i quali ne assisteranno. Con un segno della mano io farò nascere gli scudi dalle muraglie...

Non fui molto rassicurato da queste parole.

Verso le nove della sera, noi entrammo in Civitacastellana, e tosto ci dirigemmo ad un albergo di buona apparenza, che era nel mezzo della piazza grande.—Cenammo frugalmente; chiedemmo all'oste se fosse possibile noleggiare una vettura per andare sino a Roma. Quella domanda provocò una risposta quale noi non ci saremmo aspettata. Il Sindaco della città quel giorno istesso aveva ricevuta la sgradevole notizia che i Francesi aveano intercettata la comunicazione con Roma per lo stradale dell'Emilia; non esservi più che una sola via sicura per noi retrocedere fino a Borghettaccio e gettarci nelle Sabine. Quanto ai mezzi di trasporto, impossibile contare sovra altro veicolo fuor quello delle nostre gambe.

La crisi diventava più difficile.

Il vecchio carbonaro, fidente nei soccorsi della setta, usciva tratto tratto dall'osteria, ripetendo il segno convenzionale della mano alla fronte a quanti gli venivano incontro. Sventuratamente egli non trovò persona che rispondesse. In Civitacastellana la carboneria aveva cessato di esistere, ovvero, ciò che io credo più probabile, i fratelli, indovinando l'ultima ragione del saluto, non osavano rivelarsi.

Ci convenne passar la notte all'albergo.

Il giorno seguente, allo spuntare dell'alba, noi ci appigliammo all'unico partito possibile, e riprendemmo la nostra marcia pedestre per la via delle Sabine. Pagato il conto all'albergatore, non ci rimaneva più che una trentina di baiocchi per provvedere al vitto quotidiano.

Non dirò le torture fisiche e morali di quel viaggio.

Furono cinque giorni di marcia per sabbie infuocate. La notte ci riposavamo in orribili stallazzi, ove, per conforto delle membra, eravamo condannati a sdraiarci sul fieno, al fianco di persone ignote e in compagnia di bestie notissime. Le pulci, le zanzare, ed altri animaluzzi creati da Dio pel solletico della cute umana, ci corteggiavano tutte le notti.

Il nostro alimento consisteva in uova, ricotta, o latte agro e rappreso, che i pastori ci fornivano gratuitamente.

Gli alberghi posti sullo stradale, pressochè tutti erano abbandonati alla mercè dei passanti. I proprietarii, per evitare molestie o pericoli, si erano allontanati, nascondendo o portando via le suppellettili di qualche valore.

Lungo il cammino noi incontravamo dei viaggiatori, i quali ne facevano parte delle loro provvigioni. L'Ascolana era prostrata di forze. Il nostro vecchio compagno più volte era caduto nel mezzo della via colla disperazione della stanchezza.

Quando piacque a Dio, giungemmo a Monte Rotondo, grossa borgata a quindici miglia da Roma. Le nostre finanze erano ridotte all'estremo. Non ci restava la croce di un baiocco!

Ma io contava sull'ultima risorsa, sugli ultimi sforzi di un'arte, che altre volte mi aveva salvato. A Monte Rotondo, io mi era proposto di rinnovare lo stratagemma di Grottamare, invitando la popolazione ad un concerto vocale-istromentale a mio benefizio.

Questa volta il peso del trattenimento sarebbe stato condiviso da un collega del vecchio carbonaro, il quale, per aver esercitata parecchi anni la professione di organista nella cattedrale di Camerino, credeva di poter divertire il rispettabile pubblico, eseguendo sulla spinetta un Tantum ergo ed un Kyrie di sua composizione.

Fermi nel nostro proposito, entrammo in un albergetto, e quivi, animati dalla fede e dall'appetito, ci ponemmo a tavola, e prelevando una anticipazione sui probabili incassi del concerto, ordinammo una cena completa.

Sono pure stravaganti i capricci delle rivoluzioni! Chi l'avrebbe detto—a vederci famigliarmente raccolti intorno alla piccola mensa—chi l'avrebbe detto, che io, l'Ascolana e il carbonaro di Camerino, ci eravamo scontrati per caso pochi giorni innanzi—che ciascuno di noi era trascinato verso Roma da una cura diversa—che io mi rassegnava a divenire soldato per non aver potuto andare a Chieti a cantare da baritono—che l'Ascolana, per amor del marito, era decisa di impugnare un fucile—che il vecchio carbonaro si recava da Camerino a Roma per piantare il suo stiletto nell'anima di un delatore!

Ma ciò che nessuno avrebbe potuto immaginare, vedendo la ricca imbandigione che ci stava dinanzi, era il segreto della nostra bolletta colettiva—l'assenza assoluta di quel vile metallo, che pure nel mondo rappresenta e conquista le cose più sublimi.

Infatti, mentre noi trinciavamo un grosso pollastro—una voce fioca e lamentosa, che pareva il sospiro del povero Lazzaro negli atri di Epulone, ci scosse le fibre del cuore...

E quella voce articolava delle parole in un dialetto a me solo conosciuto—in quel dialetto meneghino, che mi suona ruvido e barbaresco quando io l'odo nelle vie di Milano, ma mi commuove come accento fraterno, se mi vien fatto d'udirlo a trecento o quattrocento miglia lontano dal Duomo.

—Beati i sciori!—sclamò quella voce.—Beati i sciori, che anche in questi tempi trovano della grazia di Dio de trà in Castell!

Non era una domanda esplicita, ma piuttosto una aspirazione eloquente.

—Signore!.... Se volete tenerci compagnia, e fare un po' di penitenza con noi....

—Che! lei pure... milanese?

E un giovanetto, dalla persona esile, dal volto sparuto, attraversò la sala col passo lento e ineguale di chi abbia una ventina di calli per ciascun piede.

—Profitterò della grazia vostra, mi disse a voce bassa; poichè da circa diciotto ore non ho gustato cibo e non tengo un quattrino nelle tasche...

—Tanto meglio! La vostra assoluta bolletta vi fa degno di esser nostro commensale. Noi pure, quali ci vedete, fra tutti e tre non abbiamo indosso un baiocco.

Il giovine, che già stendeva la forchetta per attirare sul suo piatto una coscia di pollo, si arrestò sgomentato.

—Via, buon figliuolo!... Non perderti di coraggio!... Se questa sera non abbiamo denari, domani penseremo a fabbricarne. Io tengo una macchinetta, colla quale posso fabbricare a centinaja gli scudi e i papetti.

—Una macchina per fabbricare gli scudi!... Oh! questa dev'essere meravigliosa!...

Il povero ragazzo, senza chiedere altre spiegazioni, inforcò la coscia del pollastro, e si diede a spolparla colle mani e coi denti.

Finita la cena, l'Ascolana e il vecchio carbonaro si ritirarono per coricarsi. Io rimasi col nuovo personaggio, il quale, meditando a stomaco sazio le difficoltà della posizione, non poteva darsi pace.

—Ebbene! ora che abbiamo cenato, prepariamo la macchina per fabbricare gli scudi.... Favorite di chiedere all'oste quattro o cinque fogli di carta, e ponetevi a scrivere quanto io sto per dettarvi...

Il giovine obbedì senza repliche: spiegò un foglio sul tavolo, intinse la penna nell'inchiostro, poi mi fissò in volto due occhi attoniti, come un fanciullo che affissi il sacco del cerretano per vederne uscire le uova.

Allora io dettai il programma del mio secondo concerto-vocale-istromentale, che doveva aver luogo all'indomani in una sala qualunque di Monte Rotondo, a benefizio di quattro volontari, che partivano per Roma.

Il mio scriba, ad ogni tratto levando gli occhi dal foglio, mi guardava, torceva il labbro ad una smorfia indescrivibile; poi di nuovo curvava la testa, ripigliando la scrittura colla rassegnazione di una macchina.

—Mio buon ragazzo: questa notte ricopierai il programma sovra dieci o dodici fogli; poi, domattina di buon ora, n'andrai tu stesso ad affiggerlo nelle vie più frequentate del paese. Sarai tu esatto nell'adempiere alla commissione?

—Come è vero che io mi chiamo Bertoni, e che io son nato a Milano.

—Buona notte...!

—E voi credete...? Ma... se...

—Buona notte! Domani alle dieci, ti aspetto nella mia camera.... Dalla tua puntualità dipende la nostra salvezza.... Questi avvisi produrranno una trentina di scudi, dei quali avrai tu pure la tua parte.

Il Bertoni aveva perduta la favella.

Io lo lasciai in balìa del suo stupore e salii le stanze superiori.

All'indomani, il fedel giovanetto percorreva la città di Monte Rotondo, affiggendo con mollica di pane biascicato gli avvisi del concerto.

Bertoni era divenuto un uomo d'importanza. Tutti gli abitatori di Monte Rotondo lo guardavano meravigliati e si affollavano intorno a lui per chiedergli delle spiegazioni.

Il concerto di Monte Rotondo non differì gran fatto da quello di Grottamare sia pel successo degli artisti, come pel prodotto della cassetta. Il carbonaro-organista, nell'ora del cimento, fu assalito da una leggiera indisposizione. Ma il Bertoni—convien rendergli questa giustizia—prese una parte attivissima al trattenimento, incaricandosi di illuminare la sala, di distribuire le scranne; complimentare le donne—e perfino di raccomandare la abbondante elemosina verso la fine dello spettacolo, a coloro, che entrando, si erano dimenticati di salutare il bacile.

Raccogliemmo una trentina di scudi. Quella sera istessa, il denaro fu diviso in quattro parti—una per me, un'altra per l'Ascolana, la terza per l'organista, e l'altra pel Bertoni.—All'indomani noleggiai una vettura e partii alla volta di Roma in compagnia dell'Ascolana. Il Bertoni e l'organista promisero raggiungermi in quella sera.

Poche ore dopo la mia partenza da Monte Rotondo, alcuni carrettieri, rientrando in paese, recarono la triste novella, che io, la mia compagna e il vetturino eravamo caduti in mano dei Francesi, i quali, senza tanti complimenti ci avevano fucilati l'uno dopo l'altro nel bel mezzo del cammino. Quella notizia riempì di costernazione il paese. L'organista e il Bertoni, più vivamente colpiti, sacrificarono uno scudo per far celebrare tre messe onde abbreviare il purgatorio ai poveri fucilati. Ma la nostra morte era stato un sogno dei carrettieri—e i preti recitarono inutilmente le tre messe di suffragio. Inutilmente?—Ciò non può dirsi—I preti, quella istessa sera, all'osteria di Pietro Rossini, commutarono il denaro delle esequie in tanti fiaschetti di eccellente Sabino.

CAPITOLO X.

La tomba di Nerone.

Il giorno s'era fatto già grande, e la nebbia non dileguavasi ancora. Pareva che i raggi del sole evocassero dalla terra grosse nuvole di vapori, e pareva che queste nuvole, agglomerandosi con incessante densità, corressero dietro alla nostra vettura per seppellirla in un vortice caliginoso. Nessun augello si era desto a salutare di gorgheggi il ritorno della luce. Tratto tratto dalla folta siepe che costeggiava il cammino, qualche bufalo sporgeva il capo sonnolento. Talvolta ci era forza arrestarci per dar libero passaggio ad una grossa mandra di pecore che in quella cieca atmosfera camminavano a ritroso, urtando nelle zampe de' nostri cavalli e nelle ruote della vettura. Allora il postiglione rompeva il silenzio con due o tre bestemmie, a cui i mandriani pareva non facessero attenzione. Que' poveri diavoli, al paro delle pecore, avean sveglie le gambe ed il resto dcl corpo addormentato.

—Fra pochi minuti avremo il sole, disse il postiglione agitando allegramente la sua frusta.

—Quante miglia ne rimangono per giungere alle porte di Roma?

—Tre miglia.

—Iddio sia lodato! esclamò l'Ascolana.

—Vi assicuro che non è un bel vivere a Roma in questi momenti, riprese il postiglione.

—Che? ti fa paura il fuoco delle battaglie, mio bel postiglione?

—Non è propriamente del fuoco che ho paura, ma delle palle. Vi assicuro che i francesi mirano dritto, e tutti i giorni sulle mura di Roma vi è buon numero di morti e di feriti.

—E nel campo francese?

—Anche laggiù credo non ci sia molto da ridere.

—A tanta vicinanza di Roma dovrebbe udirsi il cannone.

—In questi giorni s'è cessato dal battagliare per dar agio all'inviato di Francia signor... Lesseps di intavolare trattative di pace.

—E voi credete che il signor Lesseps riuscirà a qualche accomodamento...?

—Io credo... Mortacci! Questo è un colpo di cannone... E due, e tre, e quattro...! Pare che l'inviato di Francia sia tornato colle pive nel sacco... Ah! ne vedremo di belle, e chi camperà sano poter contarle ai figliuoli.

In quel mentre un raggio di sole si aprì un passaggio fra la nebbia.

—Misericordia! gridò il postiglione, rattenendo improvvisamente i cavalli....

—Che avvenne?

—Siamo in mano dei Francesi.....

—Presto.... gira il timone, e indietro a furia!

Il postiglione era bianco dalla paura; le redini gli tremavano nelle mani; la sua gran frusta era divenuta impotente; invece di manovrare al regresso come io gli aveva ingiunto, tormentò i cavalli in foggia sì strana che l'un d'essi stramazzò a terra.

Per noi non v'era più scampo. Alcuni dragoni francesi si fecero intorno alla nostra vettura, accompagnati da un uffiziale côrso che doveva servire da interprete.

—Dove sono diretti questi signori?

—Alla volta di Roma.

—Il loro nome, di grazia?

—Sono uno sciagurato cantante, che viene da... Grottamare...

—La signora?

—La signora è... mia moglie.

La bugia era lanciata con buona intenzione. Il Côrso esploratore mi prestò piena fede.

—E questi signori vanno a Roma....?

—Per cantare.... al teatro.... dell'Argentina....

—La stagione non è molto favorevole al teatro, rispose il Côrso con ironia; sarà meglio che loro signori vengano con noi. Favoriscano di scendere dalla vettura.

L'opposizione sarebbe stata inutile. Convenne obbedire.

L'Ascolana mi seguiva come un automa. Ci avanzammo verso un ponte a metà demolito. Essendo il sole finalmente comparso in tutta la sua pompa, mi vennero veduti nelle campagne adiacenti due o trecento soldati, che stropicciandosi gli occhi e distendendo le braccia, mostravano d'aver passata una mala notte coricati su quel terreno pantanoso.

Come e perchè quel drappello di soldati avesse occupata una posizione tanto sfavorevole, mi fu spiegato doppoi. Sullo stradale per cui io e l'Ascolana e il povero postiglione eravamo poco dianzi arrivati, si intese di bel nuovo un romorìo di ruote ed uno scopiettìo di fruste misto a quelle grosse bestemmie, che i carrettieri d'ogni nazione credono sia il linguaggio più eloquente per farsi comprendere dai cavalli o dai muli. I soldati francesi si alzarono tutti d'un salto, ed appostati i fucili, si collocarono dietro le siepi in modo da non esser veduti da lontano. Poco dopo s'avanzarono verso il ponte da venti o trenta carri, due dei quali carichi di polvere e munizioni da guerra, gli altri di pollami, uova, formaggi, vini ed ogni genere di vettovaglie. Quando il momento parve opportuno, a un cenno del capitano, i segugi francesi sbucarono dai loro nascondigli, e fattisi intorno a quei carriaggi, intimarono ai conduttori di arrestarsi. Quali rimanessero i fieri romagnoli nel vedersi così inaspettatamente assaliti, è facile immaginarlo. Lottare era esporsi a morte sicura. I soldati dirigevan le canne dei fucili contro i poco numerosi, ma ferocissimi carrettieri, che proferendo una salva di imprecazioni, cedettero alla evidente certezza della propria impotenza, e si arresero prigionieri. Fu visto allora uno stranissimo spettacolo; i soldati francesi montarono sui carri, e cominciarono a man salva il saccheggio. In men di cinque minuti, i pollami, le uova, i formaggi, i giamboni, i fiaschetti di vino d'Orvieto, tutto fu messo a ruba, e il grosso bottino posto come ornamento delle baionette, del giacò e delle giberne, che mal reggevano all'insolito peso.

Il Côrso mi venne incontro con un fiaschetto di vino d'Orvieto, e presentandomelo gentilmente, si lasciò scappare queste parole, da cui sarà facile il comprendere quali sospetti cadessero su me e sulla mia compagna.

—Bevete, signor cantante! bevete! perocchè avete diritto alla vostra parte di bottino. Voi andavate a Roma per cantare, non è vero? E questi altri signori, che venivano dietro a voi, erano forse i professori d'orchestra ed i coristi... Sta bene! Ma a noi altri Francesi non le si danno ad intendere così grosse! Due carri di polvere... Vi par nulla?

—Fiat voluntas Domini, esclamai vuotando d'un sorso il fiaschetto. Un uffiziale francese giovanissimo, già decorato nelle campagne d'Africa, adocchiava l'Ascolana furtivamente, poi venne ad offrirle il braccio per accompagnarla nell'interno di un casolare a poca distanza dal ponte. Ella si volse a me quasi per consultarmi; l'uffiziale, interpretando quell'occhiata:

—Signora, le disse, io non intendo disgiungervi da vostro marito, egli può seguirvi, se ciò gli aggrada.

Entrammo in una stanzaccia a pian terreno, dove altri uffiziali facevano colazione, onorando senza ritardo i giamboni, i formaggi ed i fiaschetti di vino che poco dianzi avevano legalmente acquistati. All'entrare della bellissima donna, tutti quanti si levarono in piedi. L'Ascolana parlava il francese a meraviglia: ella, che da parecchi giorni, esausta di forze, scorata, direi quasi intorpidita dai patimenti fisici e morali, pareva avesse perduta la loquela; commossa ora dal nuovo infortunio riacquistò d'un tratto quell'energia, quella vivacità di linguaggio che erano a lei naturalissime. Sedette a tavola cogli uffiziali; volle che io le stessi a fianco, e mangiò coll'appetito convulso di chi ha l'anima fortemente agitata. Alle galanterie francesi rispondeva con una disinvoltura ammirabile: I poveri soldati, che forse da tre o quattro mesi non avean fiutata una gonnella, cadevano in deliquio, si dimenavano sulle scranne, torcevano gli occhi, insomma, per servirmi d'una frase Dantesca:
Non avean membro che tenesser fermo.

—Voi avete là una bella moglie! mi sbarravano all'orecchio i commensali più vicini, empiendomi in pari tempo il bicchiere.

—Donna adorabile!

—Donna fascinatrice!

—Che occhi!

—Che labbra!

—Che profilo!

E nell'alternarsi di questi punti ammirativi, i miei ospiti si davan premura di riempirmi il bicchiere. Coloro s'eran messa in capo l'idea d'ubbriacarmi. Vinto il marito, pensavano essi, sarà men difficile la presa della moglie. Ma io non era un marito, e i furbacchioni fallirono completamente. Da quanto mi accadde quel giorno, ho dovuto convincermi che l'avere una bella moglie non è poca fortuna in certe occasioni. Se l'Ascolana non era meco, avrebbero forse gli uffiziali francesi pensato ad offrirmi quell'eccellente colazione? Infatti, gli altri prigionieri erano rimasti di fuori, agglomerati come caproni sotto la vampa del sole cocente, a divorare cogli occhi i giamboni e gli altri commestibili che poco dianzi essi aveano recato alle bocche nemiche. Al mio povero postiglione era toccata l'ugual sorte. Io mi sovvenni di lui: lo ricordai all'Ascolana, e questa pregò gli uffiziali di inviargli qualche cibo. È inutile ch'io vi dica con quanta sollecitudine fu risposto al voto della bellissima donna. Tutti quanti balzarono in piedi, e recandosi in mano le scodelle, i piatti, i bicchieri, corsero ad offrire al postiglione una colazione lautissima. Quel povero ragazzo, vedendosi onorato in siffatta guisa, non capiva più in sè dalla gioia; prese i piatti, le scodelle, i fiaschetti; li adagiò sotto un albero, e mangiò come forse mai gli era accaduto nella vita.

Era già il mezzogiorno, quando da Monte Mario venne improvvisamente un ordine ai soldati di abbandonare quelle posizioni per ricongiungersi al grosso dell'esercito. Tutti i prigionieri furono schierati, distribuiti in drappelli e passati in rivista. Grazie alla buona opinione che s'ha di noi Italiani al di là delle Alpi, que' malcapitati carrettieri furono frugati e manomessi dal capo al piede. Il postiglione fu obbligato a levarsi anche gli stivali. I terribili perlustratori che con una indecenza poco francese avean eseguito l'uffizio crudele, non avendo trovata arma alcuna, si guardarono in viso meravigliati, esclamando colla miglior buona fede del mondo: «Costoro non sono Italiani!»

Grazie all'Ascolana, mi fu risparmiato quel barbaro affronto. Gli uffiziali ne offersero un posto sui carriaggi, e vi salirono con noi. L'Ascolana fu posta a sedere sopra un gran padiglione di verzura improvvisato alla meglio dagli zappatori, i quali a tal uopo avevano atterrati quattro o cinque alberetti, e li aveano disposti sul carro intrecciando ai rami qualche fiore dei campi.

Il capitano tuonò il comando della marcia, e tutti quanti partimmo alla volta di Monte Mario.

Il luogo dove fummo fatti prigionieri, secondo mi venne riferito dal postiglione e dagli altri compagni di sventura, denominavasi la Tomba di Nerone.

CAPITOLO XI

Un pranzo a Monte Mario.

Dopo un'ora di marcia, giungemmo alla sommità di Monte Mario, ove accampava un grosso distaccamento di truppe, sotto il comando del generale Souvant.

Entrammo in un magnifico palazzo. Il generale non tardò a comparire. Girò gli occhi intorno, passando ad uno ad uno in rassegna quei numerosi prigionieri; poi voltosi a me e all'Ascolana, che in disparte meditavamo qualche ingegnoso stratagemma per uscire dalle mani nemiche; signori, ci disse, io non posso permettere che voi restiate con tanto disagio fra questa canagl.... cioè.... voleva dire... fra questa brava gente. Noi siamo troppo galanti per dimenticare i riguardi dovuti ad una bella e giovane signora, dalle fibre delicate. Io vi offro il mio braccio, o nobile e maestosa progenie delle Cornelie e delle Lucrezie! Compiacetemi di seguirmi nell'altra sala in compagnia del vostro signor marito!—Così parlando, il generale, con una galanteria irresistibile, si impadronì della donna e con lei si diresse nell'interno del palazzo, dopo avermi accennato di seguirlo.—I soldati francesi, vedendomi attraversare il porticato nelle umilianti apparenze di un marito vittima, ridevano sotto i baffi e portavano le mani alla fronte facendo un gesto molto pittoresco.

Il generale ci condusse in una magnifica stanza al piano superiore, dove trovammo un letto eccellente.—«Riposatevi fino all'ora del pranzo, disse egli con amabile cortesia; verso le cinque vi faremo chiamare; spero non rifiuterete di pranzare alla nostra tavola, dove il mio stato maggiore vi farà allegra corona.... Convien adattarsi alle circostanze... Siamo sul campo di battaglia, e i nostri cuochi qualche volta sono distratti dalle bombe... Però le nostre cantine sono ben fornite... I preti ci mandano da Roma dell'eccellente Champagne, che il migliore non si potrebbe avere a Parigi. Il Champagne e l'Orvieto strinsero alleanza nelle nostre cantine... Ciò mi è di buon augurio per le future relazioni tra l'Italia e la Francia... Io spero che un giorno le due nazioni si stringeranno la mano, come io ve la stringo di cuore sin da questo momento.»

Il generale voleva ad ogni costo mettersi nelle buone grazie... dell'Ascolana—e frattanto, egli ci aveva fornito la stanza ed il letto,—dove, in un momento di esaltazione ingovernabile, per noi si compì finalmente quella parte del rito coniugale, che è reputata la più dilettevole.

Tiriamo un velo su quella scena. E d'altronde le sono istorie troppo comuni—tutti gli animali della creazione passano per quella via. Si potrebbe discutere sulla maggiore o minore colpabilità dell'Ascolana: ma la mia questione di teologia morale fornirebbe un episodio troppo noioso.

—L'Ascolana non è meno virtuosa, non è meno pura innanzi al tribunale della mia ragione, e del mio cuore.—Ella ha ceduto ad uno di quei casi di forza maggiore, che ponno riguardarsi una clausola eccezionale anche nei contratti di fedeltà, stipulati col matrimonio.—Eravamo stanchi, abbrustoliti dal sole, in uno stato di esaltazione indescrivibile. Nella stanza non c'era che un solo letto—un letto molto comodo—ombreggiato da folte cortine...—angusto—colle sponde rilevate, formanti un declivio...

Eppure ci eravamo coricati coi più onesti propositi. L'Ascolana aveva fatto il segno della croce.... io aveva recitato una giaculatoria...

Alle cinque ore, un'uffiziale entrò nella camera, per invitarci a discendere. Fummo condotti nella sala da pranzo. Alla Ascolana era riserbato il posto d'onore fra il generale ed il suo aiutante maggiore,—io fui relegato,—come era da prevedersi—all'estremo confine della tavola.

Il desinare fu servito lautamente; v'era copia di vivande squisite, dilicati vini, frutta, confetti, ogni ben di Dio. Al principiare del pranzo si parlava, poi si venne alle grida; all'ultimo, sturate le bottiglie dello Champagne, la sala divenne una babele di schiamazzi.

Quattro importanti questioni, di genere affatto opposto, alimentavano la impetuosa loquacità dei commensali.—Musica, guerra, politica e gastronomia!

Io mi ero prefisso di secondare in ogni cosa i miei ospiti. Cionullameno, verso la fine del pranzo, le incredibili enormità e i nuovi spropositi che circolavano per la sala, e sopratutto la sprezzante albagia di un ufficiale nel disconoscere lo scopo e la giustizia della nostra rivoluzione, mi inagrirono il sangue. Tutti i calcoli della prudenza furono in un punto soffocati da un impeto di bile. L'amor di patria e lo Champagne infiammarono la mia eloquenza—io presi a difendere la rivoluzione con tutta la vigoria delle mie note cantonali; sicchè in breve pervenni a dominare l'assemblea. L'Ascolana mi incoraggiava col baleno degli occhi e colla intercessione di una gentile parola, ogniqualvolta gli irritabili uditori accennavano di prender fuoco.

La discussione prese forma di una grande aria da baritono con accompagnamento di coro.

Permetti, lettore che io ne trascriva le parole, onde tu possa di tua fantasia applicarle la musica.

CAPITOLO XII

Fra due repubbliche.

(Grande aria per baritono con accompagnamento di coro).

Baritono. Vi ho detto fin da principio ch'io sono un primo baritono assoluto; ma poichè vi ostinate a credermi un repubblicano, lasciamo correre l'ipotesi, o piuttosto fissiamola come punto di partenza. Alla mia volta, o signori, permettete che io vi chiegga qual parte siate venuti a rappresentare voi sotto le mura di Roma.

Coro. Noi siamo soldati della repubblica francese!

Bar. Alla buon'ora! Dunque, se io fossi soldato della repubblica romana, noi ci troveremmo su due campi avversarii a combattere per lo stesso principio. In verità che le mie idee si confondono. Come si spiegano questi rapporti contradditorii fra due popoli, che dovrebbero chiamarsi fratelli nel vincolo di una identica costituzione, e invece si azzuffano accanitamente per..?

Coro. Per ristabilire l'ordine pubblico.

—Per liberare i romani dall'oppressione straniera...

—Per proteggere il papa contro gli attacchi di pochi rivoluzionarii.

—Per difendere la religione cattolica, apostolica...

Bar. Basta, signori; ho capito. Per tal modo voi venite a dichiarare che repubblica è sinonimo di disordine, che gli Italiani debbono considerarsi come stranieri in casa propria; che il papa è tanto screditato ed impotente, da non poter resistere da solo contro gli attacchi di pochi faziosi; che la religione cattolica apostolica, ecc., ecc., ha cessato di essere una forza morale, ed ha bisogno, per sorreggersi, delle vostre baionette. Quanto alla prima questione, mi permetterete di farvi osservare che l'idea di costituirci in repubblica è una conseguenza dell'esempio che voi ci avete dato. Non credevamo che una forma di governo, conquistata da voi con tante rivoluzioni e tanto sangue, trapiantandosi da Parigi a Roma, divenisse sinonimo di disordine e di anarchia. Aggiungerò—vedete come è ingenua la logica degli Italiani!—che la repubblica di Roma faceva assegnamento sul vostro appoggio morale e materiale—e in caso di coalizione europea, non contava che un solo alleato possibile, la Francia repubblicana.

Coro. Tiens! tiens!...

—C'est drôle!

—C'est bête!

Bar. Voi dite che Roma è violentata dagli stranieri...

Coro. Oui! des lombards! des toscans! des piemontais! des vénitiens!

Bar. Voi mi confondete, signori.—Se i lombardi, i toscani ed i veneti, in Roma debbono considerarsi come stranieri, voi avete mille ragioni di prendere il loro posto, ed io sto per credere che i veri Italiani... siate voi... Ma non perdiamoci a cavillare sopra una questione che potrebbe risolversi colla carta geografica. Qualcuno di voi, a giustificare l'intervento, vuol farmi credere ch'esso abbia per iscopo di proteggere il papa contro la rivoluzione... Ma, in nome di S. Pietro apostolo! che altro è mai questa nostra rivoluzione se non la risposta di tutti gli Italiani all'appello del pontefice, la conseguenza diretta ed immediata della splendida iniziativa presa da Pio IX?—I Lombardi insorsero contro l'Austriaco ed eressero le barricate al grido di viva Pio IX! Questo grido fu scritto sulle nostre bandiere, questo grido fu ripetuto dal nostro esercito sui campi di Goito e di Somma Campagna.— Concorrendo alla terribile crociata contro i suoi mille tiranni, l'Italia, più che una rivoluzione, compì un atto di fede cristiana. Chi ha mancato? chi ha tradito? qual fu il primo disertore nel momento della lotta?—Quegli stesso, che l'aveva iniziata, e benedetta nel nome di Dio. Perchè il Capo ci fornì l'esempio nefando, vorrete voi condannarci di non aver disertato in massa?... Questi soldati, questi Italiani, che voi perseguitate, che voi venite a snidare dall'ultimo asilo della libertà, non d'altro sono colpevoli fuorchè della loro troppa fede in Pio IX. Perdonate, signori uffiziali, s'io vi parlo con qualche vivacità. Ma io mi trovo in tal posizione, da cui la balordaggine umana mi apparisce tanto deforme che quasi mi vergogno di appartenere alla specie. A che giovano le lezioni della istoria, a che giovano i progressi della libertà, quando ad ogni tratto vediamo trionfare l'assurdo, e la follia distruggere in pochi mesi il progresso di un secolo?... La repubblica!... L'ideale del migliore dei governi, che ha per epigrafe: libertà, uguaglianza e fratellanza.—Non è questa la nostra insegna?... Pure, le due repubbliche si guardano in cagnesco... La libertà dell'una osteggia la libertà dell'altra— si accusano—vengono alle mani,—da ambo le parti si prodiga il sangue—e intanto, fra queste due repubbliche che si sgozzano, un prete ed un croato, seduti ad una tavola grassamente imbandita, aspettano tranquillamente l'ora di riprendere lo scettro del mondo.—Io concludo: se è vero che voi siate repubblicani, la repubblica non è altro per voi che una formola di transazione per ricondurre i popoli, da un governo moderatamente liberale, all'assolutismo più dispotico.

Il generale Sauvant non pose tempo in mezzo; diede alcuni ordini al Còrso, il quale, rientrato pochi minuti dopo nella sala, disse ad alta voce: la vettura è pronta!

Allora il generale, voltosi gentilmente all'Ascolana:—Signora, le disse, noi siamo ben lieti di usare a vostro pro del dritto di grazia a noi concesso. Fra un'ora sarete in Roma, a fianco di vostro marito— voi potete partire all'istante.

Tutti ci levammo in piedi per farle cortegio infino alla vettura. Ella era pallida in volto, e a stento camminava, e non profferiva parola. Io l'aiutai a salire in vettura; e stringendole la mano, le sussurrai all'orecchio alcune frasi sconnesse che mal traducevano i tanti e variati sentimenti che in quel punto mi cozzavano nel cuore.

«Addio, bella Italiana, dissero gli uffiziali. Fra due giorni ci rivedremo.... Dite a que' bravi Romani che fra due giorni verremo a far colazione anche noi al caffè delle belle arti, e a fumare uno zigaro sulla Piazza del Popolo.»

La vettura si mosse, e scendendo pel ripido pendìo, scomparve ben tosto dai nostri sguardi.

Io cercava dissimulare il profondo cordoglio di quella improvvisa separazione. Dissi dunque agli uffiziali:

—A quanto pare, voi contate d'esser fra due giorni padroni di Roma?

—È colpo sicuro!...

—Per qual porta entrerete?

—I Francesi non entrano mai per le porte...

—Al diavolo i rodomonti! sclamai in buon italiano, per dar sfogo alla rabbia che mi strozzava.

—Che avete detto?

—Ho detto che son rimasto senza moglie... e che ora i buoni pranzi sono finiti!

Di tal modo finì la mia grande aria. Ma il coro che si era intercalato al recitativo e alle prime battute dell'adagio, non concorse all'effetto delle cadenze.—Qualcuno degli uffiziali, con un cenno leggiero della testa, mostrò di arrendersi al mio ragionamento—altri si scambiarono furtivamente delle occhiate d'approvazione—finalmente, i più avversi alla logica, risposero con una crollatina di spalle, che mi fece inorgoglire. Erano convinti, ma non osavano confessarlo.

Fu breve silenzio nella sala. La bella Ascolana, per distrarre le menti da una questione, che avea messo i miei ospiti in tanto imbarazzo, si volse con amabili accenti al generale per chiedergli qual sorte fosse a noi destinata.

La risposta del generale, come ognuno può immaginare, mi interessava grandemente.

CAPITOLO XIII

I buoni pranzi finiscono.

—In poche parole vi metto al chiaro della situazione, prese a dire il Sauvant.—Voi siete prigionieri di guerra, e come tali io debbo inviarvi al quartiere generale, ove, dopo breve esame, sarete giudicati. Da questa misura sono eccettuate le donne, quelle almeno che non si lasciano prendere colle armi alla mano. Per esse noi abbiamo il diritto di grazia, e ben volontieri ne useremo a vostro vantaggio, amabilissima signora, se non foste vincolata ad un uomo, che voi senza dubbio vorrete seguire giusta il precetto cristiano: la donna seguirà il marito, ecc., ecc., con quel che segue.

—E in qual modo esercitate voi il diritto di grazia verso le persone del mio sesso? domandò l'Ascolana con volto radiante.

—Rimettendole sul loro cammino, od anco facendole scortare da gente fidata fino alle porte di Roma.

—Se ciò è, voi potete da questo momento esercitare il vostro diritto di grazia verso questa donna, diss'io al generale.

—Che! separarvi dalla moglie! sclamarono i commensali.—C'est drôle! c'est incroyable!

—Signori, cessate dal far le meraviglie. Questa donna ch'io vi ho presentato per mia moglie, allo scopo di guarentirle il rispetto ed il decoro, non è che una mia compagna di viaggio, colla quale mi incontrai per caso in un paesello delle Marche. Essa altro non brama fuorchè di por piede entro le mura di Roma, per abbracciare il suo vero marito, dal quale fu per lunga pezza disgiunta.

Qui mi fu d'uopo narrare dettagliatamente l'istoria del mio incontro coll'Ascolana a Grottamare, l'intendimento del viaggio, e tutto insomma dall'a alla zeta quanto ci era accaduto.